JN167006

七瀬くん家の3兄弟

3兄弟とお別れ!?
クリスマスの恋のキセキ

青山そらら・作
たしろみや・絵

集英社みらい文庫

もくじ
contents

人物紹介《じんぶつしょうかい》
characters

鈴森仁奈《すずもりにな》

お父《とう》さんの仕事《しごと》の都合《つごう》で、七瀬家《ななせけ》に居候《いそうろう》することになった中《ちゅう》1。ちょっぴりドジだけど、人《ひと》のために何《なに》かをすることが好《す》きな、明《あか》るい性格《せいかく》。

七瀬伊織《ななせいおり》

七瀬家《ななせけ》の末《すえ》っ子《こ》。仁奈《にな》と同《おな》じクラスの中《ちゅう》1で、サッカーが得意《とくい》。女子《じょし》に大人気《だいにんき》だけど、本人《ほんにん》は塩対応《しおたいおう》で…!?

七瀬春馬《ななせはるま》

七瀬家《ななせけ》の長男《ちょうなん》で、名門高校《めいもんこうこう》の1年《ねん》。おだやかな性格《せいかく》で、気配《きくば》りが上手《じょうず》。カフェでバイトをしている。

七瀬飛鳥《ななせあすか》

七瀬家《ななせけ》の次男《じなん》の中《ちゅう》2。いつもオシャレで、ダンスが得《とく》意《い》！ 動画《どうが》もアップしている。少《すこ》しボディタッチが多《おお》め…？

フウタ

七瀬家《ななせけ》で飼《か》っているオカメインコ。とくに春馬《はるま》になついている。

仁奈《にな》・伊織《いおり》のクラスメイト

高梨《たかなし》マリカ

美人《びじん》で目立《めだ》つ、クラスの女王様的《じょおうさまてき》な女子《じょし》。

大黒勇気《おおくろゆうき》

柔道部所属《じゅうどうぶしょぞく》。マリカのことが大好《だいす》き。

西山海斗《にしやまかいと》

伊織《いおり》とは小学生《しょうがくせい》のころからの幼《おさな》なじみ。

桜井桃愛《さくらいもあ》

伊織《いおり》の幼《おさな》なじみ。アメリカからの帰国子女《きこくしじょ》。

赤井玲央《あかいれお》

中《ちゅう》2。ダンス部所属《ぶしょぞく》。オレ様《さま》な自信家《じしんか》。

あらすじ
story

私《わたし》、中《ちゅう》1の鈴《すず》森《もり》仁《に》奈《な》。
お父《とう》さんの仕事《しごと》の都合《つごう》で、
七瀬家《ななせけ》に居候《いそうろう》をすることになったの。
七瀬家《ななせけ》には3人《にん》の兄弟《きょうだい》がいて——

私《わたし》と同《おな》い年《どし》の
末《すえ》っ子《こ》・伊織《いおり》くん。
いつもクールで、そっけないの。

ひとつ上《うえ》の
次男《じなん》・飛鳥《あすか》くん。
とってもダンスが上手《じょうず》なんだ!

一番《ばん》上《うえ》の長男《ちょうなん》・春馬《はるま》くん。
名門高校《めいもんこうこう》の1年生《ねんせい》で、
癒《いや》し系《けい》だよ。

もうすぐ**クリスマス**☆

みんなで**マジカルランド**に

いくことになったよ！

じつは私《わたし》最近《さいきん》、伊織《いおり》くんに

とっても**ドキドキしちゃう**んだ。

伊織《いおり》くんから「俺《おれ》のこと、絶対《ぜったい》好《す》きに

なるなよ」って言《い》われてたのに……！

そんな中《なか》**衝撃《しょうげき》のニュース**が！

私《わたし》の七瀬家《ななせけ》での同居《どうきょ》が終《お》わり!?

ウソッ、**みんなとお別《わか》れ**……？

さみしすぎるよ……。

マジカルランドにいくクリスマスイブが

伊織《いおり》くんと会《あ》える**最後《さいご》の日《ひ》**!?

私《わたし》どうしたらいいんだろ……！

つづきは小説《しょうせつ》を読《よ》んでね☆

1 ドキドキするのはなんで？

「見《み》て見《み》て、伊織《いおり》くん。このトナカイ鼻《はな》が赤《あか》くてかわいい！」

ツリーのオーナメントを見《み》せながら、伊織《いおり》くんに声《こえ》をかける。

すると、伊織《いおり》くんがボソッとつぶやいた。

「なんか仁奈《にな》みたいだな」

「えっ！　どこが!?」

私《わたし》が聞《き》き返《かえ》すと、ぷっとふき出《だ》すように笑《わら》う伊織《いおり》くん。

「って、冗談《じょうだん》だよ」

ハロウィンも終《お》わって、気《き》づけばもう12月《がつ》。

今《いま》は七瀬家《ななせけ》のリビングで、伊織《いおり》くんといっしょにクリスマスツリーの飾《かざ》りつけをしているところなんだ。

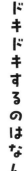

トナカイにサンタ、かわいいオーナメントがいっぱいで楽《たの》しくなっちゃう。

私《わたし》、鈴森仁奈《すずもりにな》は中学《ちゅうがく》1年生《ねんせい》。

パパの海外転勤《かいがいてんきん》をきっかけに、この七瀬家《ななせけ》に居候《いそうろう》させてもらうことになったんだけど。

なんと、イケメン3兄弟《きょうだい》と同居《どうきょ》することになっちゃったの！

彼《かれ》、七瀬伊織《ななせいおり》くんはその3兄弟《きょうだい》の末《すえ》っ子《こ》で、同《おな》い年《どし》の中学《ちゅうがく》1年生《ねんせい》。

サラサラの黒髪《くろかみ》にスッと通《とお》った鼻《はな》すじ、切《き》れ長《なが》の瞳《ひとみ》が印象的《いんしょうてき》なその顔《かお》は、思《おも》わず見《み》とれてしまいそうになるくらいにキレイ。

そんな伊織《いおり》くんはもちろん学校《がっこう》でモテモテだけど、女子《じょし》には塩対応《しおたいおう》で、なんと恋愛《れんあい》する気《き》がないみたいなんだ。

だから私《わたし》もこの家《いえ》にきたばかりのとき、「俺《おれ》のこと、絶対好《ぜったいす》きになるなよ」なんて言《い》われちゃったの。

それなのに、私《わたし》が困《こま》ってたらいつも助《たす》けてくれて。一見《いっけん》クールでぶっきらぼうに見《み》えるけど、本当《ほんとう》はすごくやさしいんだよ。

ひとと おりオーナメントを飾《かざ》りつけたところで、伊織《いおり》くんが袋《ふくろ》から大《おお》きな金色《きんいろ》の星《ほし》をとり出《だ》す。

「あとは、この星《ほし》をツリーのてっぺんにつけたら完成《かんせい》だな」

それを見《み》た私《わたし》は、思《おも》わず目《め》を輝《かがや》かせた。

「わぁ、キレイ！　私《わたし》がつけてもいい？」

「いいよ」

伊織《いおり》くんから星《ほし》の飾《かざ》りを受《う》けとると、踏《ふ》み台《だい》として出《だ》したイスの上《うえ》に立《た》ち、ツリーのてっぺんに手《て》をのばす私《わたし》。

「これでよし……っと」

だけど、無事《ぶじ》に星《ほし》をとりつけたと思《おも》ったところで、急《きゅう》に片足《かたあし》がつって。

バランスをくずした私《わたし》は、イスから横《よこ》に落《お》っこちてしまった。

「きゃっ！」

「おいっ」

――ドサッ。

そしたらとっさに伊織《いおり》くんが、私《わたし》の体《からだ》を抱《だ》きとめてくれて。

ハッとして顔《かお》をあげると、伊織《いおり》くんの顔《かお》がすぐ近《ちか》くにあってドキッと心臓《しんぞう》がはねる。

わわっ、どうしよう。伊織《いおり》くんに密着《みっちゃく》しちゃったよ〜！

「……あっぶねー。だいじょうぶか？」

心配《しんぱい》そうな顔《かお》でたずねてくる伊織《いおり》くん。

「だ、だいじょうぶっ。ちょっと足《あし》がつっちゃって……。ありがとう」

ドキドキしながら答《こた》えたら、伊織《いおり》くんはあきれたように笑《わら》って言《い》った。

「ったく、気《き》をつけろよな」

そんなとき、ドタバタと玄関《げんかん》のほうから足音《あしおと》が聞《き》こえて。

あわてて私《わたし》が伊織《いおり》くんから身《み》を離《はな》すと、リビングのドアが開《ひら》いて、中《なか》に飛鳥《あすか》くんが入《はい》ってくる。

「ただいまーっ」

彼《かれ》、飛鳥《あすか》くんは七瀬家《ななせけ》の次男《じなん》で、明《あか》るくフレンドリーな性格《せいかく》の中学《ちゅうがく》2年生《ねんせい》。

ダンスがとっても上手《じょうず》で、ダンス部《ぶ》ではセンターをまかされるほどの実力《じつりょく》なんだよ。

イケメンなうえにオシャレで目立《めだ》つから、女《おんな》の子《こ》からも大人気《だいにんき》なの。

「飛鳥《あすか》くん、おかえり！」

私《わたし》が声《こえ》をかけたら、続《つづ》けてうしろからひょいと桃愛《もあ》ちゃんが顔《かお》を出《だ》した。

「おじゃましまーす！」

「あ、桃愛《もあ》ちゃん！」

「ふふ。遊《あそ》びにきちゃった」

彼女《かのじょ》、桜井桃愛《さくらいもあ》ちゃんは伊織《いおり》くんたち3兄弟《きょうだい》の幼《おさな》なじみで、お人形《にんぎょう》みたいにかわいくて、とってもオシャレな女《おんな》の子《こ》。

動画《どうが》クリエイターのＭ《モ》Ｏ《ア》Ａとして活動《かつどう》していて、今中高生《いまちゅうこうせい》に大人気《だいにんき》のインフルエンサーなんだ。

私《わたし》が七瀬家《ななせけ》で同居《どうきょ》していることは、誰《だれ》にもヒミツのはずだったんだけど……先日《せんじつ》そのことが桃愛《もあ》ちゃんにバレちゃったの。

だけど桃愛《もあ》ちゃんは、誰《だれ》にも言《い》わないって約束《やくそく》してくれたんだ。

「わぁっ。ツリー出《だ》したんだ！　かわいいね！」

リビングに入《はい》ってきた瞬間《しゅんかん》、桃愛《もあ》ちゃんがはしゃいだように声《こえ》をあげる。

「ふふ。ちょうど今飾《いまかざ》りつけしたんだよ」

私《わたし》が答《こた》えると、桃愛《もあ》ちゃんが今度《こんど》はコタツの存在《そんざい》に気《き》がついて。

「あっ。いつのまにかコタツも出《で》てる〜！」

「そう。寒《さむ》いからコタツ出《だ》したんだ。みんなであったまろーぜ」

飛鳥《あすか》くんはそう言《い》って真《ま》っ先《さき》にコタツに入《はい》ると、こちらに手《て》まねきをしてくる。

そのままみんなでコタツを囲《かこ》んで座《すわ》ったら、桃愛《もあ》ちゃんが思《おも》いついたように口《くち》を開《ひら》いた。

「そうだっ。イブの日《ひ》ってみんな空《あ》いてる？　せっかくだからどこか遊《あそ》びにいかない？」

「いいね、いきたい！　イブの日《ひ》なら空《あ》いてるよ！」

楽《たの》しそうなおさそいに、目《め》を輝《かがや》かせてうなずく私《わたし》。

「やったぁ！　伊織《いおり》くんと飛鳥《あすか》くんはどう？」

桃愛《もあ》ちゃんがたずねると、続《つづ》けてふたりも答《こた》える。

「俺《おれ》も、今《いま》のところとくに予定《よてい》ないけど」

「俺《おれ》も空《あ》いてるよ〜。いいじゃん。どこいく？」

そしたら桃愛《もあ》ちゃんは、キラキラのケースに入《はい》ったスマホをとり出《だ》すと、画面《がめん》をこちらに見《み》せてきた。

「このマジカルランドはどう？　今年《ことし》のイルミネーションとツリーのライトアップがめちゃくちゃキレイだって今《いま》SNS《エスエヌエス》で話題《わだい》なの！」

再生《さいせい》された紹介動画《しょうかいどうが》を見《み》て、私《わたし》も思《おも》わずテンションがあがっちゃう。

「すごい！　イルミネーションとかいいなぁ。見《み》にいきたい！」

「だよねっ。ロマンチックでしょ？」

桃愛《もあ》ちゃんとふたりで盛《も》りあがっていたら、飛鳥《あすか》くんも笑顔《えがお》で賛成《さんせい》する。

「いいじゃん、玲央《れお》とかもさそってみんなでいこうぜ！　伊織《いおり》も遊園地大好《ゆうえんちだいす》きだし、もちろんいくだろ？」

「なっ、大好《だいす》きってなんだよ。子供《こども》じゃあるまいし。……でもまぁ、俺《おれ》もいくけど」

「よし、決《き》まりね！」

伊織《いおり》くんも照《て》れくさそうな顔《かお》で賛成《さんせい》してくれたので、全員《ぜんいん》でいくことに決《き》まった。

すると、すぐに桃愛《もあ》ちゃんがつけ足《た》すように。

「あっ。春馬《はるま》くんもさそおうね……！」

ちなみに七瀬家《ななせけ》の長男《ちょうなん》の春馬《はるま》くんは、まだ学校《がっこう》から帰《かえ》ってきていないんだ。

じつは桃愛《もあ》ちゃんは春馬《はるま》くんのことが好《す》きで、子供《こども》のころからずっと片思《かたおも》いしてるんだって。

最初《さいしょ》は伊織《いおり》くんのことが好《す》きなのかなって思《おも》ってたんだけど、じつはちがったの。

「春馬《はるま》くん、はやく帰《かえ》ってこないかな〜。なんかのど乾《かわ》いてきちゃった」

桃愛《もあ》ちゃんがそうつぶやいたのを聞《き》いて、さっと立《た》ちあがる私《わたし》。

「じゃあ私《わたし》、飲《の》み物《もの》持《も》ってくるね！」

そしたらすかさず伊織《いおり》くんも立《た》ちあがって、阻止《そし》するように手《て》を出《だ》してきた。

「いいよ。俺《おれ》が持《も》ってくる」

「えっ」

「仁奈《にな》はさっき足《あし》つったばっかりだろ。座《すわ》ってろよ」

思《おも》わずトクンと高鳴《たかな》る心臓《しんぞう》。

もしかして、気《き》づかってくれてる？　やさしいなぁ。

「あ、ありがとうっ」

すると、伊織《いおり》くんがキッチンにいくのを見送《みおく》った桃愛《もあ》ちゃんが、ニヤニヤしながらつぶやいた。

「伊織《いおり》くんって、仁奈《にな》ちゃんにはやさしいよね～」

続《つづ》けて飛鳥《あすか》くんも笑《わら》いながら。

「わかる～。俺《おれ》には全然《ぜんぜん》やさしくねーのになぁ」

「なんか仁奈《にな》ちゃんは特別《とくべつ》って感《かん》じだよね」

「えっ、特別《とくべつ》!?」

私《わたし》が動揺《どうよう》して声《こえ》をあげたら、今度《こんど》はそこに黄色《きいろ》いインコが飛《と》んできて、私《わたし》の言葉《ことば》をまねするようにしゃべりはじめる。

『トクベツ！　トクベツ！』

「ちょっ、フウタまで……！」

このオカメインコのフウタは七瀬家《ななせけ》で飼《か》ってるペットなんだけど、かしこいからおしゃべりができるんだ。

――ガチャッ。

そんなとき、リビングのドアが開《ひら》く音《おと》がして。

「ただいまー」

振《ふ》り向《む》いたらそこには、制服姿《せいふくすがた》の春馬《はるま》くんが立《た》っていた。

おだやかで大人《おとな》っぽいふんいきの彼《かれ》は、3つ年上《としうえ》の高校《こうこう》1年生《ねんせい》。

星乃学院《ほしのがくいん》っていう名門大学《めいもんだいがく》の付属校《ふぞくこう》に通《かよ》う秀才《しゅうさい》で、やさしいお兄《にい》ちゃん的存在《てきそんざい》なの。

『クローバーカフェ』っていうお店《みせ》でアルバイトをしてるんだよ。

『オカエリ！　オカエリ！』

フウタはうれしそうに声《こえ》をあげると、春馬《はるま》くんのもとへと飛《と》んでいって、いつものように肩《かた》にちょこんと乗《の》る。

「ただいま、フウタ」

「春馬《はるま》くん！」

うれしそうに目《め》を輝《かがや》かせる桃愛《もあ》ちゃん。

「あ、桃愛《もあ》ちゃんもきてたんだね。こんにちは」

「こ、こんにちはっ！」

春馬《はるま》くんに声《こえ》をかけられてあいさつする桃愛《もあ》ちゃんは、照《て》れたように赤《あか》くなっていて、すごくかわいい。

「ねぇ仁奈《にな》ちゃん」

すると、桃愛《もあ》ちゃんがこそっと私《わたし》に顔《かお》を近《ちか》づけてきて。

「どうしたの？」

「私《わたし》ね、マジカルランドで春馬《はるま》くんにクリスマスプレゼントを渡《わた》したいの。だから、春馬《はるま》くんのこともさそってくれない？　自分《じぶん》からさそうの恥《は》ずかしくて……」

それを聞《き》いて、ますますかわいいなぁって思《おも》っちゃう。

いつも堂々《どうどう》としている桃愛《もあ》ちゃんだけど、好《す》きな人《ひと》をさそうのはやっぱり照《て》れくさいんだ。

「もちろんっ。まかせて！」

ぜひとも協力《きょうりょく》したいと思《おも》った私《わたし》は、元気《げんき》よくうなずいた。

「ん……」

ふと目《め》を覚《さ》ますと、そこはコタツの中《なか》だった。

あ、あれ？　今何時《いまなんじ》？

私《わたし》ったら、いつのまにかコタツでウトウトしちゃって寝《ね》ころんでたみたい。

近《ちか》くに落《お》ちていたスマホを手《て》にとると、もう19時《じ》になっていて。

そういえば、あのあと春馬《はるま》くんをマジカルランドにさそったら無事《ぶじ》オッケーをもらえて。

みんなでマジカルランドの計画《けいかく》を立《た》てたあと、桃愛《もあ》ちゃんは家《いえ》に帰《かえ》ったんだっけ。

それからコタツで伊織《いおり》くんたちと話《はな》してたのまではおぼえてるんだけど、そこから記憶《きおく》がないんだよね……。

すると、ふと背後《はいご》からすやすやと寝息《ねいき》が聞《き》こえてきて。

ハッとしてうしろを振《ふ》り向《む》いたら、そこには伊織《いおり》くんが寝《ね》ていてぎょっとした。

「えっ……！」

な、なんで伊織《いおり》くんがここに!?

もしかして、いっしょにここで寝《ね》ちゃってたってこと？

すると伊織《いおり》くん、とつぜんむにゃむにゃ寝言《ねごと》を言《い》いはじめて。

「んー……寒《さむ》い」

そんなふうにつぶやいたかと思《おも》えば、なぜか私《わたし》に向《む》かって腕《うで》をのばしてきた。

そして、そのままギュッとうしろから抱《だ》きついてきて。

「ひゃっ！」

「あったかい」

え……えぇっ!?

耳元《みみもと》で聞《き》こえる伊織《いおり》くんの声《こえ》に、ドクンと心臓《しんぞう》が跳《と》びはねる。

まって。これって寝《ね》ぼけてるだけだよね？

私《わたし》のことを毛布《もうふ》かなにかだとカンちがいしてる？

どうしよう。これじゃ身動《みうご》きがとれないよ〜っ！

ただでさえ温《あたた》かいコタツの中《なか》、背中《せなか》に感《かん》じる伊織《いおり》くんの体温《たいおん》と恥《は》ずかしさで、今《いま》にも体《からだ》が沸騰《ふっとう》しそうなほど熱《あつ》い。

自分《じぶん》の心臓《しんぞう》が、うるさいくらいにバクバクいってるのが聞《き》こえてくる。

やっぱり私《わたし》、最近《さいきん》ヘンかも。
あのハロウィン以降《いこう》、やけに伊織《いおり》くんにドキドキしちゃうんだよね。
春馬《はるま》くんや飛鳥《あすか》くんに対《たい》しては、こんなに動揺《どうよう》したりしないのに。
どうしてなのかな……？

2 意《い》識《しき》しちゃうよ

次《つぎ》の日《ひ》。学校《がっこう》に到着《とうちゃく》するなり、桃愛《もあ》ちゃんが笑顔《えがお》で報告《ほうこく》してくれた。

「マジカルランドのチケットとれたよ！」

「ほんと？　ありがとう桃愛《もあ》ちゃん！」

私《わたし》がお礼《れい》を言《い》うと、桃愛《もあ》ちゃんも両手《りょうて》をあわせてお礼《れい》を言《い》ってくる。

「仁奈《にな》ちゃんこそ、協力《きょうりょく》してくれてありがとう。春馬《はるま》くんといっしょにいけるのすごくうれしい！」

すると伊織《いおり》くんが、私《わたし》に向《む》かってたずねてきた。

「そういえば、玲央《れお》先輩《せんぱい》もくるんだよな？」

目《め》があった瞬間《しゅんかん》、思《おも》わずドキッと心臓《しんぞう》がはねる。

「う、うん。飛鳥《あすか》くんが聞《き》いたら、玲央《れお》先輩《せんぱい》も『いきたい』って」

「ふーん。よかったじゃん」

ちなみに伊織《いおり》くんとは昨日《きのう》のコタツでの件《けん》があってから、なんとなくしゃべるのが照《て》れくさくて。

でも伊織《いおり》くん本人《ほんにん》は、寝《ね》ぼけてたからおぼえていないみたいなんだよね。

私《わたし》ばっかり意識《いしき》して、不自然《ふしぜん》な態度《たいど》をとっちゃってる気《き》がするよ〜。

「じゃあ、チケットは6人分《にんぶん》でだいじょうぶだよね。マジカルランド久《ひさ》しぶりだから楽《たの》しみ」

桃愛《もあ》ちゃんがうれしそうな顔《かお》でつぶやいたら、そこに海斗《かいと》くんがドタバタとやってくる。

「えっ。伊織《いおり》たち、マジカルランドいくの!?」

どうやら今《いま》の話《はなし》、海斗《かいと》くんにも聞《き》こえてたみたい。

彼《かれ》、西山海斗《にしやまかいと》くんは伊織《いおり》くんの親友《しんゆう》で、明《あか》るくてノリのいいクラスのムードメーカー。

部活《ぶかつ》も伊織《いおり》くんと同《おな》じサッカー部《ぶ》なんだよ。

「うん、そうだよー。冬休《ふゆやす》みにみんなで」

桃愛《もあ》ちゃんがそう言《い》うと、海斗《かいと》くんはぐいっと身《み》を乗《の》り出《だ》して聞《き》いてきた。

「マジで？　俺《おれ》もいきたいんだけど！　メンバーは？」

「えっとね、私《わたし》と桃愛《もあ》ちゃんと伊織《いおり》くんと……あとは飛鳥《あすか》くん、玲央《れお》先輩《せんぱい》に伊織《いおり》くんのお兄《にい》さんの春馬《はるま》くんの６人《にん》かな」

私《わたし》が答《こた》えたら、目《め》を輝《かがや》かせる海斗《かいと》くん。

「なにそれ、３兄弟大集合《きょうだいだいしゅうごう》じゃん！　でもそのメンバーなら俺《おれ》も参加《さんか》したいな〜。みんな顔《かお》なじみだし……って、あっ」

だけどそこで、海斗《かいと》くんはなにか思《おも》いついたように私《わたし》と伊織《いおり》くんの顔《かお》を交互《こうご》に見《み》ると。

「それともアレか？　せっかくのグループデートに俺《おれ》はお邪魔《じゃま》だったりする？」

なんてニヤニヤしながらたずねてきて。

「なっ……！」

私《わたし》が思《おも》わず赤《あか》くなったら、横《よこ》から伊織《いおり》くんがあせったように否定《ひてい》した。

「べ、べつにデートとかじゃねーから」

「そうだよっ。みんなでいこう！」

私《わたし》もあわてて笑顔《えがお》で答《こた》える。

もう、海斗《かいと》くんはすぐこうやって冷《ひ》やかしてくるんだからっ。

「じゃあ、海斗《かいと》もいっしょにいい？」

伊織《いおり》くんがたずねると、桃愛《もあ》ちゃんはすんなりうなずく。

「もちろん！　じゃあチケット追加《ついか》するね～」

「ちょ、ちょっと……！」

そんなとき、うしろから聞《き》きなれた声《こえ》がして。

「あ、マリカちゃん」

振《ふ》り返《かえ》ったらそこには、マリカちゃんがムッとした顔《かお》で立《た》っていた。

「なによ、マジカルランドって。鈴森《すずもり》さんたちだけずるいわよっ。私《わたし》のこともさそってよ～！」

彼女《かのじょ》、高梨《たかなし》マリカちゃんは美人《びじん》で気《き》が強《つよ》くて、クラスの女王様的存在《じょおうさまてきそんざい》の女《おんな》の子《こ》。

私《わたし》は最初彼女《さいしょかのじょ》に目《め》をつけられてたんだけど、今《いま》ではすっかり打《う》ち解《と》けて仲良《なかよ》くなったんだ。

ちなみにマリカちゃんは、伊織《いおり》くんの大《だい》ファンなの。

「えっ、マリカちゃんがいくなら俺《おれ》も！」

するとどこから聞《き》きつけたのか、そこに大黒《おおぐろ》くんもやってきて。

大黒《おおぐろ》くんは柔道部所属《じゅうどうぶしょぞく》で、強《つよ》そうな見《み》た目《め》のわりに、心《こころ》やさしく前向《まえむ》きな男《おとこ》の子《こ》。

マリカちゃんのことが大好《だいす》きで、毎日熱烈《まいにちねつれつ》なアタックをしているんだよ。

はじめは嫌《いや》がっていたマリカちゃんだけど、最近《さいきん》はまんざらでもないみたい。

「よし、じゃあみんなでいこうよ！」

私《わたし》が呼《よ》びかけたら、桃愛《もあ》ちゃんも笑顔《えがお》で賛成《さんせい》してくれた。

「そうだねっ。大勢《おおぜい》のほうが楽《たの》しいし！」

「やったー！」

ふふ。クリスマスイブにみんなでマジカルランドなんて、今《いま》からワクワクしちゃう。

楽《たの》しみだなぁ。

お昼休《ひるやす》み、お弁当《べんとう》をカバンからとり出《だ》したら、近《ちか》くの席《せき》でクラスメイトの橋本《はしもと》さんと坂上《さかがみ》さんが話《はな》している姿《すがた》が目《め》に入《はい》った。

橋本《はしもと》さんの机《つくえ》の上《うえ》にはピンクと水色《みずいろ》の毛糸玉《けいとだま》が置《お》かれていて、思《おも》わず気《き》になってしまった私《わたし》。

「その毛糸《けいと》、かわいいね！」

私《わたし》が声《こえ》をかけると、橋本《はしもと》さんはにっこり笑《わら》って答《こた》えてくれた。

「ありがとう、鈴森《すずもり》さん。今度《こんど》家庭科部《かていかぶ》でマフラーをつくることになって、昨日《きのう》毛糸《けいと》を買《か》ってきたんだ」

「そうなんだ。いいね、手編《てあ》みのマフラー」

彼女《かのじょ》、橋本風花《はしもとふうか》ちゃんはメガネと三《み》つ編《あ》みヘアが似《に》あうふんわりしたふんいきのやさしい女《おんな》の子《こ》。

家庭科部《かていかぶ》に入《はい》っていて、同《おな》じ手芸好《しゅげいず》きなこともあって仲良《なかよ》くなったの。

すると、そこにいた坂上《さかがみ》さんも笑顔《えがお》で話《はな》しかけてきた。

「私《わたし》も風花《ふうか》ちゃんに編《あ》み物《もの》を教《おし》えてもらおうかと思《おも》って。今《いま》、手編《てあ》みのマフラーのクリスマスプレゼントが流行《はや》ってるんだって！」

彼女《かのじょ》、坂上《さかがみ》しずくちゃんは、ポニーテールが似《に》あう元気《げんき》いっぱいの女《おんな》の子《こ》。

橋本《はしもと》さんと仲《なか》が良《よ》くて、いつもふたりはいっしょにいるんだ。

「え、そうなの？　私《わたし》もつくってみようかな！」

編《あ》み物《もの》とか最近《さいきん》してないし、久《ひさ》しぶりにやりたいかも！

私《わたし》が目《め》を輝《かがや》かせて言《い》うと、ふたりは盛《も》りあがったように答《こた》えてくれた。

「鈴森《すずもり》さんなら器用《きよう》だから、絶対《ぜったい》かわいいのがつくれると思《おも》う！」

「うんうん！　プレゼントにあげたらきっとよろこばれるよ！」

「ほんと？　でも、誰《だれ》にあげようかなぁ」

その瞬間《しゅんかん》、ふと伊織《いおり》くんの顔《かお》が頭《あたま》に浮《う》かんでドキッとする。

って、なんで私《わたし》ったら伊織《いおり》くんに!?

昨日《きのう》から意識《いしき》しすぎだよ〜っ！

「仁奈《にな》ちゃーん！」

するとそこに、桃愛《もあ》ちゃんがやってきて。

「あ、桃愛《もあ》ちゃん」

「いっしょに中庭《なかにわ》でお昼《ひる》食《た》べよう！」

「うんっ」

桃愛《もあ》ちゃんにさそわれた私《わたし》は、そのままお弁当《べんとう》を持《も》って中庭《なかにわ》へと向《む》かった。

「へーっ。じゃあ西山《にしやま》や大黒《おおぐろ》たちもくることになったんだ？　いいね、にぎやかで」

飛鳥《あすか》くんが、お弁当《べんとう》を片手《かたて》につぶやく。

あのあと桃愛《もあ》ちゃんが伊織《いおり》くんと飛鳥《あすか》くんと玲央先輩《れおせんぱい》をさそって、みんなで中庭《なかにわ》でお昼《ひる》を食《た》べることになったの。

飛鳥《あすか》くんたちにも、マジカルランドのメンバーが増《ふ》えたことを報告《ほうこく》しようと思《おも》って。

するととなりに座《すわ》る玲央先輩《れおせんぱい》が、ポンと私《わたし》の肩《かた》に手《て》をのせて言《い》った。

「俺《おれ》も、イチゴちゃんといっしょにいけるのうれしいな～」

彼《かれ》、赤井玲央先輩《あかいれおせんぱい》は、飛鳥《あすか》くんと同《おな》じダンス部《ぶ》の2年生《ねんせい》で、大人《おとな》っぽい俺様系《おれさまけい》イケメン。

じつは超《ちょう》お金持《かねも》ちで、飛鳥《あすか》くんとセンター争《あらそ》いをするくらいダンスが上手《じょうず》なんだよ。

そしたらそれを聞《き》いた桃愛《もあ》ちゃんが、きょとんとした顔《かお》で。

「そういえば、なんで玲央先輩《れおせんぱい》は仁奈《にな》ちゃんのこと『イチゴちゃん』って呼《よ》ぶんですか？」

思《おも》いがけない質問《しつもん》にドキッとしてしまった。

玲央先輩《れおせんぱい》が、すかさず私《わたし》の肩《かた》に腕《うで》をまわして言《い》う。

「まぁ、それは俺《おれ》たちだけのヒミツだよねーっ」

「ちょっ、玲央先輩《れおせんぱい》……！」

思《おも》わずどぎまぎしていたら、桃愛《もあ》ちゃんがあやしむような顔《かお》でこちらを見《み》てくる。

「なにそれ！　超気《ちょうき》になるんだけど〜！」

「いやいやっ！　ヒミツとかじゃなくて、私《わたし》がイチゴが好《す》きだからそう呼《よ》ばれてるだけだよっ」

とっさにごまかす私《わたし》。

だけど、玲央先輩《れおせんぱい》が私《わたし》を「イチゴちゃん」と呼《よ》ぶ本当《ほんとう》の理由《りゆう》は、そうじゃないんだ。

じつは先輩《せんぱい》と初《はじ》めて会《あ》ったとき、スカートの裾《すそ》がカバンにはさまっていることに気《き》づかなくて。たまたまはいてたイチゴ柄《がら》のパンツを見《み》られちゃったからなの。

恥《は》ずかしくて、誰《だれ》にも言《い》えないんだけどね……。

すると、玲央先輩《れおせんぱい》が私《わたし》のお弁当《べんとう》をのぞきこんできて。

「あ、今日《きょう》は弁当《べんとう》なんだ。それイチゴちゃんがつくったの？」

「そうですよ」

「すげーじゃん。あいかわらず料理上手《りょうりじょうず》だね〜」

ほめられてちょっとうれしくなっていたら、ふと玲央先輩《れおせんぱい》がなにか気《き》づいたように飛鳥《あすか》くんと私《わたし》のお弁当《べんとう》を見比《みくら》べた。

「って、あれ？　なんか飛鳥《あすか》の弁当《べんとう》とイチゴちゃんの弁当《べんとう》、ちょっと中身似《なかみに》てない？　からあげとか卵焼《たまごや》きとか」

「……ぶっ!!　ごほっ、ごほっ」

聞《き》いた瞬間《しゅんかん》、ごはんをのどに詰《つ》まらせてしまった私《わたし》。

でも、それもそのはず。

今日《きょう》の七瀬家《ななせけ》の3兄弟《きょうだい》のお弁当《べんとう》は、全部私《ぜんぶわたし》がつくったんだもん。

だからみんなおかずがいっしょだし、似《に》てて当《あ》たり前《まえ》なんだ。

まさかそれに気《き》づいちゃうなんて、玲央先輩《れおせんぱい》ってけっこうするどいかも。

同居《どうきょ》のこと、バレたりしないよね……？

なんて私《わたし》があせっていたら、飛鳥《あすか》くんがすかさず。

「ぐ、偶然《ぐうぜん》だろ～。からあげに卵焼《たまごや》きなんて、みんな入《はい》ってるって」

「そっか。まぁそうだよな」

玲央先輩《れおせんぱい》はそれ以上疑《いじょううたが》ってはこなかったので、思《おも》わずホッと胸《むね》をなでおろした。

すると右《みぎ》どなりに座《すわ》っていた伊織《いおり》くんが、心配《しんぱい》そうに声《こえ》をかけてくる。

「おい、だいじょうぶか？」

「だ、だいじょうぶっ。ちょっとむせちゃっただけだから」

私《わたし》が答《こた》えると、伊織《いおり》くんはサッと自分《じぶん》のお茶《ちゃ》のペットボトルを渡《わた》してくれて。

「これ飲《の》む？　俺《おれ》が飲《の》んだやつだけど」

「えっ。あ、ありがとうっ」

思《おも》いがけないやさしさにドキッとしつつも一口《ひとくち》飲《の》んだら、その瞬間《しゅんかん》あることに気《き》がついてハッとした。

……あれっ？

もしかしてだけどこれって、間接《かんせつ》キスじゃない!?

ど、どうしようっ。私《わたし》ったらなにも考《かんが》えずに飲《の》んじゃった……！

意識《いしき》したとたん、顔《かお》がかぁっと熱《あつ》くなってくる。

そしたら向《む》かいに座《すわ》る桃愛《もあ》ちゃんが、なぜかニヤニヤしながらこちらを見《み》つめてきて。

わぁ、なんだろう？　赤《あか》くなってるのがバレたかな？

そう思《おも》ったらますます恥《は》ずかしさでいっぱいになった。

3 好《す》きなのかな？

放課後《ほうかご》。帰《かえ》りのしたくをしていたら、教室《きょうしつ》にサッカー部顧問《ぶこもん》の鳥羽先生《とばせんせい》がやってきた。

「おーい！　七瀬《ななせ》はいるかー？」

「はい」

と返事《へんじ》をして、先生《せんせい》のところへ歩《ある》いていく伊織《いおり》くん。

「なんですか？」

「ちょっと今《いま》すぐ職員室《しょくいんしつ》にきてくれないか？　大事《だいじ》な話《はなし》があるんだ」

先生《せんせい》はなにやらあわてた様子《ようす》でそう告《つ》げると、そのまま伊織《いおり》くんを連《つ》れて出《で》ていく。

私《わたし》はそれを見《み》てなんだろうと少《すこ》し気《き》になりながらも、カバンを持《も》って下駄箱《げたばこ》へと向《む》かった。

すると下駄箱《げたばこ》についたとたん、桃愛《もあ》ちゃんが笑顔《えがお》で出《で》むかえてくれて。

「仁奈《にな》ちゃん、帰《かえ》ろ～！」

「うんっ」

ちなみに今日《きょう》は、桃愛《もあ》ちゃんといっしょに帰《かえ》る約束《やくそく》をしてるんだ。

最近《さいきん》桃愛《もあ》ちゃんとはすっかり仲良《なかよ》くなって、こんなふうにふたりでいっしょに帰《かえ》ることも多《おお》いの。

ならんで昇降口《しょうこうぐち》を出《で》たところで、桃愛《もあ》ちゃんがうれしそうにつぶやく。

「マジカルランド、楽《たの》しみだね」

「ねっ。私《わたし》もめちゃくちゃ楽《たの》しみ！」

私《わたし》がうなずくと、桃愛《もあ》ちゃんがふと思《おも》い出《だ》したような顔《かお》で。

「そういえばね、最近《さいきん》マジカルランドのツリーの下《した》で告白《こくはく》すると両想《りょうおも》いになれるってSN《エスエヌ》S《エス》で話題《わだい》になってるんだよ」

「へぇ、そうなんだ……！」

ツリーの下《した》で告白《こくはく》かぁ。ロマンチックだな～。

なんて思《おも》ってたら。

「私《わたし》も春馬《はるま》くんに……っ て、きゃーっ！　やっぱ無理《むり》っ！」

照《て》れたようにほおに手《て》を当《あ》てて叫《さけ》ぶ桃愛《もあ》ちゃん。

すると、とつぜん桃愛《もあ》ちゃんが。

「仁奈《にな》ちゃんこそ、好《す》きな人《ひと》に告白《こくはく》しちゃえば？」

「えっ！　でも私《わたし》は好《す》きな人《ひと》なんて……っ」

「ほんとに～？　じつは伊織《いおり》くんのこと気《き》になってたりしないの？」

じーっと顔《かお》をのぞきこまれて、思《おも》わずドキッとする。

「ななっ、なんで伊織《いおり》くん!?」

「だって仁奈《にな》ちゃん、昼休《ひるやす》みに伊織《いおり》くんからお茶《ちゃ》をもらったとき、照《て》れてたじゃない。あれ、間接《かんせつ》キスだと思《おも》ったんでしょ？」

ど、どうしようっ。桃愛《もあ》ちゃんにはカンづかれてたんだ！

だからあのとき、ニヤニヤしながら見《み》てきたのかな。

「いやべつに、あれはそういうのじゃっ……」

「それに、この前《まえ》私《わたし》と伊織《いおり》くんがふたりでいたのを見《み》て、逃《に》げたでしょ？　あのとき私《わたし》、仁奈《にな》ちゃんがヤキモチ焼《や》いてるんだと思《おも》ったんだよねー」

「なっ……！」

ウソッ。ヤキモチ!?

思《おも》いがけないことを言《い》われて、ますます動揺《どうよう》してしまった。

でもたしかに、この前《まえ》みんなとハロウィンのお菓子《かし》づくりをした帰《かえ》り、伊織《いおり》くんと桃愛《もあ》ちゃんがふたりでデートしてるとカンちがいした私《わたし》は、ショックで逃《に》げちゃったんだ。

そのあと、桃愛《もあ》ちゃんの好《す》きな人《ひと》が伊織《いおり》くんじゃないってわかって、ホッとしたおぼえがあるけど……。

あれってヤキモチだったのかな？

まさか、ね……。

「あの、桃愛《もあ》ちゃんは春馬《はるま》くんに恋《こい》してるんだよね？　好《す》きってどういう気持《きも》ちなの？」

思《おも》わずたずねてみる。

そしたら桃愛《もあ》ちゃんは、少《すこ》し考《かんが》えたように上《うえ》を向《む》いてから、口《くち》を開《ひら》いた。

「うーん、なんだろう。その人《ひと》のことを考《かんが》えるだけでドキドキしちゃったり、うれしくなったり……そういう感《かん》じ？」

「な、なるほど～」

「ほかにも、つい目《め》で追《お》っちゃったりとか、触《ふ》れられたとき心臓《しんぞう》がドキドキしちゃったりとか！　私《わたし》、春馬《はるま》くんとは手《て》が触《ふ》れただけで心拍数《しんぱくすう》あがっちゃうもん。ほかの男子《だんし》にはそうはならないのに」

それを聞《き》いて、昨日《きのう》のコタツのことが頭《あたま》に浮《う》かんでしまう。

そういえば、あのときも私《わたし》ドキドキしすぎて心臓《しんぞう》がパンクしそうだったかも。

今日間接《きょうかんせつ》キスしたときだって、わけもなく動揺《どうよう》しちゃったし。

「ほかには？」

「あとはー、その人《ひと》がほかの女《おんな》の子《こ》と仲良《なかよ》くしてるときにヤキモチ焼《や》いたり、ふたりきりでいたいって思《おも》ったりとか、かなぁ？」

「そっか……」

どうしよう。じつはけっこうあてはまってる？

じゃあ今《いま》までのあのモヤモヤやドキドキは、伊織《いおり》くんのことが好《す》きだったから？

いつのまにか私《わたし》、伊織《いおり》くんを好《す》きになってたってことなのかな……？


その日《ひ》の夜《よる》は、なかなか眠《ねむ》りにつくことができなかった。

桃愛《もあ》ちゃんに言《い》われた言葉《ことば》がどうしても気《き》になって。

『じつは伊織《いおり》くんのこと気《き》になってたりしないの？』

『あのとき私《わたし》、仁奈《にな》ちゃんがヤキモチ焼《や》いてるんだと思《おも》ったんだよねー』

やっぱり私《わたし》、伊織《いおり》くんのことが好《す》きなのかな？

あのときのあれは、ヤキモチだったの……？

考《かんが》えはじめたら止《と》まらなくなってしまう。

たしかに最近《さいきん》伊織《いおり》くんのことを意識《いしき》してばかりだったし、目《め》があったり触《ふ》れられたりするだけでもドキドキしっぱなしだった。

自分《じぶん》でもヘンだなとは思《おも》ってたけど、あれは好《す》きだから意識《いしき》しちゃってたってことなのかも……。

でも私《わたし》、同居《どうきょ》をはじめたころ伊織《いおり》くんから「俺《おれ》のこと絶対《ぜったい》、好《す》きになるなよ」って言《い》われてるんだよね。
だから本当《ほんとう》は、好《す》きになっちゃいけないはずなのに。
どうしよう。自分《じぶん》でもよくわからなくなってきちゃったよ〜っ。
そんなことをぐるぐる考《かんが》えていたら、ますます眠《ねむ》れなくなってしまって。
気《き》づけばいつのまにか窓《まど》の外《そと》が明《あか》るくなっていた。

4 気《き》づいた気持《きも》ち

――ピーッ！

試合終了《しあいしゅうりょう》のホイッスルの音《おと》が鳴《な》る。

今《いま》は2時間目《じかんめ》の体育《たいいく》の授業中《じゅぎょうちゅう》。今日《きょう》の種目《しゅもく》は男女《だんじょ》ともにサッカー。

一試合目《ひとしあいめ》を終《お》えてぐったりしてしまった私《わたし》は、思《おも》わずその場《ば》にしゃがみこんだ。

「つ、つかれた～……」

となりでマリカちゃんが悔《くや》しそうに声《こえ》をあげる。

「あーもう、また桜井桃愛《さくらいもあ》にやられた～！」

どうやらマリカちゃんたちは、桃愛《もあ》ちゃんのことをちょっとライバル視《し》してるみたいなの。

私《わたし》やマリカちゃんたちA《エー》チームは、今《いま》の試合《しあい》で運動神経抜群《うんどうしんけいばつぐん》な桃愛《もあ》ちゃん率《ひき》いるB《ビー》チームに負《ま》けちゃったんだよね。

「すごかったよね、桃愛《もあ》ちゃん。２回《かい》もシュート決《き》めるなんて」

私《わたし》が感心《かんしん》したように言《い》うと、マリカちゃんはムッとした顔《かお》でこちらを見《み》る。

「鈴森《すずもり》さんももっと気合《きあ》い入《い》れなさいよ！　全然《ぜんぜん》走《はし》れてなかったじゃないのっ」

「ご、ごめんっ。あれでも全力《ぜんりょく》で走《はし》ったつもりなんだけど……」

私《わたし》が苦笑《にがわら》いしてあやまったら、マリカちゃんはふとなにか気《き》づいたように、顔《かお》をのぞきこんできた。

「っていうか今日《きょう》、なんか顔色悪《かおいろわる》くない？」

「えっ！　そ、そうかな？」

思《おも》わずギクッとしてしまう。

じつは昨日《きのう》ほとんど眠《ねむ》れなかったせいで、体《からだ》がフラフラするんだよね。

まさか顔《かお》に出《で》ちゃってたなんて……。

するとそこに、辻《つじ》さんと林《はやし》さんがやってきて。

「マリカ！　次《つぎ》、伊織《いおり》くんたちが試合《しあい》するって！」

「えっ。ほんと!?」

聞《き》いたとたん、目《め》の色《いろ》が変《か》わるマリカちゃん。

辻《つじ》さんと林《はやし》さんはいつもマリカちゃんといっしょにいる友《とも》だちなんだけど、最近《さいきん》私《わたし》もよく話《はな》すようになったんだ。

「ほら鈴森《すずもり》さん、見《み》にいくわよっ」

「あ、うんっ」

マリカちゃんに腕《うで》をつかまれて、私《わたし》もいっしょに男子《だんし》のコートへと向《む》かう。

すると、コートには伊織《いおり》くんや海斗《かいと》くん、大黒《おおぐろ》くんたちがすでにビブスをつけて準備《じゅんび》していた。

ビブスの色《いろ》からして、伊織《いおり》くんと海斗《かいと》くんが同《おな》じチームで、大黒《おおぐろ》くんはちがうチームみたい。

マリカちゃんの姿《すがた》を見《み》つけたとたん、大黒《おおぐろ》くんがパァッと目《め》を輝《かがや》かせる。

「マリカちゃん！　もしかして、俺《おれ》のことを応援《おうえん》しにきてくれたの⁉」

そしたらマリカちゃんは、すかさず眉《まゆ》をひそめて否定《ひてい》した。

「そんなわけないでしょっ。私《わたし》は伊織《いおり》くんを応援《おうえん》しにきたの！」

「そっかー。でも俺《おれ》、マリカちゃんが見《み》ててくれると思《おも》うとがんばれるよっ」

あいかわらずなふたりのやりとりを見《み》てると、思《おも》わず笑《わら》っちゃう。

「おーい、そろそろ試合《しあい》をはじめるぞ！」

すると、先生《せんせい》のかけ声《ごえ》とともにホイッスルが鳴《な》って、さっそく男子《だんし》の試合《しあい》がスタートした。

「キャーッ！　伊織《いおり》くんがんばってー！」

マリカちゃんが大声《おおごえ》で声援《せいえん》を送《おく》る横《よこ》で、私《わたし》もかけ声《ごえ》を出《だ》す。

「がんばれ〜！」

すると、伊織《いおり》くんはボールを受《う》けとったとたん、あざやかなドリブルで敵《てき》チームのディフェンスをくぐりぬけていった。

わぁ、さすが伊織《いおり》くん！

思《おも》わずじっと目《め》で追《お》ってしまう。

やっぱりサッカーをしてる伊織《いおり》くんは、いつも以上《いじょう》にカッコよく見《み》えちゃうなぁ……。

って、私《わたし》ったらなに見《み》とれてるんだろう！

これじゃ、昨日《きのう》桃愛《もあ》ちゃんが言《い》ってた恋《こい》の条件《じょうけん》のとおりだよっ。

すると伊織《いおり》くんは、ゴール前《まえ》まで走《はし》ってきたところで、右足《みぎあし》で勢《いきお》いよくシュートを放《はな》って。

——ドンッ！

ボールが見事《みごと》にゴールネットをゆらした瞬間《しゅんかん》、大歓声《だいかんせい》が起《お》こる。

「キャーッ！　すごーい！」

「さすが七瀬《ななせ》！」

その見事《みごと》なシュートにはキーパーの大黒《おおぐろ》くんも反応《はんのう》が追《お》いつかなかったみたいで、ぼうぜんとしていた。

そしたらそんな大黒《おおぐろ》くんに向《む》かって、マリカちゃんがゲキを飛《と》ばしはじめて。

「ちょっと大黒《おおぐろ》くん！　私《わたし》が見《み》てるんだから、もっとしっかりしなさいよっ」

「ま、マリカちゃん……！」

それを聞《き》いて、気合《きあ》いを入《い》れなおすようにこぶしを握《にぎ》りしめる大黒《おおぐろ》くん。

「よぉーしっ！　守護神大黒《しゅごしんおおぐろ》、これ以上点《いじょうてん》は入《い》れさせないぜ！」

その様子《ようす》を見《み》ていた辻《つじ》さんが、横《よこ》からマリカちゃんにツッコミを入《い》れた。

「マリカって、結局《けっきょく》どっちを応援《おうえん》してるの？」

言《い》われてハッとした顔《かお》になるマリカちゃん。

「……もっ、もちろん伊織《いおり》くんだけどっ⁉」

「ほんとに？　もう、素直《すなお》に大黒《おおぐろ》くんを応援《おうえん》しちゃいなよ〜っ」

「なんでよっ。そんなことするわけないでしょっ！」

照《て》れたように必死《ひっし》で否定《ひてい》するマリカちゃんは、ちょっとかわいい。

それから試合《しあい》が再開《さいかい》されると、コートの中《なか》の男子《だんし》たちがいっせいに走《はし》りはじめる。

キャーキャー叫《さけ》ぶマリカちゃんたちの横《よこ》で、ぼんやりとその様子《ようす》を見守《みまも》る私《わたし》。

だけどそのままずっと立《た》って見学《けんがく》していたら、だんだんと頭《あたま》がぼーっとしてきて。

あ、あれ？

なんだろう。寝不足《ねぶそく》のせいかな？

ますます体《からだ》がフラフラするし、まっすぐ立《た》てなくなってきた……。

そして急《きゅう》に目《め》の前《まえ》の景色《けしき》がぐるぐるまわり出《だ》したかと思《おも》えば、体《からだ》に力《ちから》が入《はい》らなくなって。

——ドサッ。

次《つぎ》の瞬間《しゅんかん》、私《わたし》は気《き》づくと地面《じめん》に倒《たお》れていた。

「ちょっ、鈴森《すずもり》さんだいじょうぶ!?」

「仁奈《にな》ちゃん、しっかり！」

みんなの心配《しんぱい》するような声《こえ》が聞《き》こえてくる。

だけど私《わたし》は視界《しかい》が真《ま》っ暗《くら》で、反応《はんのう》する余裕《よゆう》もない。

「仁奈《にな》っ！」

そんな中《なか》、ふと伊織《いおり》くんのあせったような声《こえ》が聞《き》こえた気《き》がして。

ハッキリとたしかめることができないまま、私《わたし》は意識《いしき》を手放《てばな》した。


「キャーッ！」

「マジかよっ」

なにやらあたりがさわがしいことに気《き》がついて、ハッとして目《め》を開《あ》ける。

すると、まさかの伊織《いおり》くんの顔《かお》が真上《まうえ》にあって、思《おも》わずドキッと心臓《しんぞう》がはねた。

「ええっ！　伊織《いおり》くん!?」

なにこれっ。どういうこと!?

驚《おどろ》いて状況《じょうきょう》を確認《かくにん》してみたら、どうやら私《わたし》は今《いま》、伊織《いおり》くんの腕《うで》の中《なか》にいるみたいで。

もしかして、さっき私《わたし》が倒《たお》れたから、伊織《いおり》くんが抱《だ》きかかえてくれたってこと?

いつのまに……。

すると、伊織《いおり》くんはちょっと眉《まゆ》をひそめながら私《わたし》を見《み》て。

「声《こえ》でかっ」

「ご、ごめんっ」

だけどすぐ、ホッとしたようにつぶやいた。

「まぁ、気《き》がついてよかったけど」

どうしようっ。まさか伊織《いおり》くんが私《わたし》を運《はこ》んでくれてたなんて。

しかもこんなお姫様《ひめさま》抱《だ》っことか、恥《は》ずかしいよ〜っ!

それによく見《み》たら周《まわ》りに人《ひと》がいっぱいで、みんながこっちをジロジロ見《み》ているのがわかる。

「ヒューヒュー!」

「ずるーい！　なんで伊織《いおり》くんが!?」

「超《ちょう》うらやましい！」

ニヤニヤしながら冷《ひ》やかす男子《だんし》たちもいれば、悲鳴《ひめい》をあげる女子《じょし》たちも。

うぅっ。なんかめちゃくちゃ注目《ちゅうもく》されてるし、ますます恥《は》ずかしくなってきた……。

だけど伊織《いおり》くんはそれらを無言《むごん》でスルーすると、スタスタと私《わたし》をかかえたまま校舎《こうしゃ》へ入《はい》っていって。

そのまま保健室《ほけんしつ》まで運《はこ》んでいくと、奥《おく》にあったベッドに横《よこ》たわらせてくれた。

「あ、ありがとう。ごめんね、重《おも》かったでしょ？」

私《わたし》が申《もう》し訳《わけ》なさそうに言《い》ったら、伊織《いおり》くんはベッド横《よこ》に置《お》かれていたイスに腰《こし》をおろし、
コクリとうなずく。

「うん」

「ええっ!?」

「って、冗談《じょうだん》だよ。全然《ぜんぜん》重《おも》くねーし。それより、もうだいじょうぶなのか？」

心配《しんぱい》そうな顔《かお》でたずねてくる伊織《いおり》くん。

「うん。だいじょうぶ。ちょっと今日寝不足《きょうねぶそく》で……」

「そっか。先生《せんせい》もさっき貧血《ひんけつ》だろうって言《い》ってたけど、熱《ねつ》はねーよな？」

すると伊織《いおり》くんはそう言《い》って、とつぜん額《ひたい》に手《て》で触《ふ》れてきて。

「な、ないよっ！　昨日《きのう》なかなか眠《ねむ》れなかっただけだからっ」

ドキドキしながら答《こた》えたら、伊織《いおり》くんは困《こま》った顔《かお》で聞《き》いてきた。

「ふーん。眠《ねむ》れなかったって、なんで？」

「えっ！」

なんでってそれは、伊織《いおり》くんのことを考《かんが》えてたから……。

なんて、そんなこと言《い》えるわけがないよ～っ！

「それはまぁ、いろいろ……」

私《わたし》がそう言《い》ってにごしたら、伊織《いおり》くんは少《すこ》しあきれたように笑《わら》った。

「ったく、仁奈《にな》はすぐ無理《むり》するからな。調子悪《ちょうしわる》いときはちゃんとすぐに言《い》わねーとダメだろ」

「そ、そうだよね。ごめんね」

「とにかく今《いま》はゆっくり休《やす》めよ。先生《せんせい》には俺《おれ》から伝《つた》えとくから」

いつになくやさしい表情《ひょうじょう》で言《い》われて、思《おも》わずトクンと心臓《しんぞう》が音《おと》を立《た》てる。

やっぱり伊織《いおり》くんは、やさしいな……。

なんだかんだ私《わたし》のことをいつも助《たす》けてくれるんだもん。

するとそこで、伊織《いおり》くんはイスから立《た》ちあがると。

「それじゃ、そろそろ戻《もど》るから」

そうつぶやいてベッドから背《せ》を向《む》けた。

そのとき——。

なにを思《おも》ったのか、とつぜん伊織《いおり》くんのジャージの裾《すそ》をギュッとつかんでしまった私《わたし》。

「ん、どうした？」

伊織《いおり》くんが驚《おどろ》いた顔《かお》で振《ふ》り返《かえ》った瞬間《しゅんかん》、ハッとする。

「あ……うん！　なんでもないよっ。ありがとね」

あわてて裾《すそ》を離《はな》したら、伊織《いおり》くんはくすっとほほえんだ。

そして再《ふたた》び私《わたし》に近《ちか》づくと、頭《あたま》に手《て》をのせてきて。

「お大事《だいじ》に。じゃあな」
ポンポンとやさしくなでられた瞬間《しゅんかん》、トクンと胸《むね》が高鳴《たかな》る。
伊織《いおり》くんが去《さ》っていったあとも、その鼓動《こどう》は鳴《な》りやむ気配《けはい》がなくて。
どうしよう。私《わたし》ったら、まるで引《ひ》きとめるみたいなことしちゃった。
でも今《いま》、心《こころ》のどこかで伊織《いおり》くんともっといっしょにいたいって思《おも》ったんだ。
この気持《きも》ち、やっぱり気《き》のせいじゃないかも。
ずっと気《き》づかないふりをしてたけど……。
私《わたし》、伊織《いおり》くんが好《す》きなんだ。

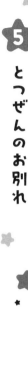

5 とつぜんのお別《わか》れ

その日《ひ》の晩《ばん》のこと。私《わたし》はお風呂《ふろ》につかりながらもずっと、伊織《いおり》くんのことばかり考《かんが》えていた。

伊織《いおり》くんのことが好《す》きだって気《き》づいてしまってから、ますますドキドキが止《と》まらない。

学校《がっこう》でも、家《いえ》の中《なか》でも、伊織《いおり》くんを見《み》つけるだけでわけもなくうれしくなったり。

目《め》があうだけでドキッとしちゃったり。

恋《こい》をするって、こういう感《かん》じなんだ。

なんかくすぐったいなぁ。

桃愛《もあ》ちゃんがいつも春馬《はるま》くんのことをうれしそうに語《かた》っていた気持《きも》ちが、少《すこ》しだけわかるかも。

それに私《わたし》、好《す》きな人《ひと》とひとつ屋根《やね》の下《した》で同居《どうきょ》してるって、よく考《かんが》えたらすごいことだよね？

もちろん、いっしょに住《す》んでるからこそ好《す》きになっちゃったんだけど……。

今《いま》まで当《あ》たり前《まえ》のように過《す》ごしていたこの家《いえ》での生活《せいかつ》が、すごく特別《とくべつ》なものに感《かん》じちゃう。

お弁当《べんとう》をつくってあげられることも。いっしょにごはんを食《た》べられることも。寝起《ねお》きの伊織《いおり》くんを見《み》られることだって。

毎日《まいにち》いっしょにいられるのって、ほんとに幸《しあわ》せなんだなぁ。


「ふぅ〜、すっきりした！」

お風呂《ふろ》をすませた私《わたし》は、ひとりごとを言《い》いながらリビングへ。

すると、リビングのソファには3兄弟《きょうだい》のお父《とう》さんの誠《まこと》さんがいて、新聞《しんぶん》を読《よ》んでいた。

「あ、仁奈《にな》ちゃん」

私《わたし》の姿《すがた》を見《み》つけたとたん、新聞《しんぶん》をたたんで話《はな》しかけてくる誠《まこと》さん。

「ちょうどよかった。大事《だいじ》な話《はなし》があるんだけど、今《いま》いいかな？」

いつになく神妙《しんみょう》な顔《かお》つきの誠《まこと》さんを見《み》て、急《きゅう》にドキドキしてくる。

なんだろう、大事《だいじ》な話《はなし》って。

手《て》まねきされて、ダイニングテーブルのイスに座《すわ》る。

そしたら誠《まこと》さんは私《わたし》の向《む》かいに腰《こし》かけて。

「どうしたんですか？」

私《わたし》がたずねたら、誠《まこと》さんは少《すこ》し間《ま》をおいてから、ゆっくり話《はな》しはじめた。

「じつは今日《きょう》、鈴森《すずもり》くんから連絡《れんらく》があって。海外赴任《かいがいふにん》が予定《よてい》より早《はや》めに終《お》わることになったらしいんだ」

「えっ！　そうなんですか？」

パパ、もう日本《にほん》に帰《かえ》ってくるんだ！

「うん。冬休《ふゆやす》みにはこちらに戻《もど》ってこられるみたいだよ。それで、仁奈《にな》ちゃんを引《ひ》きとりにきたいって」

「えぇぇっ!?」

ちょっと待《ま》って。引《ひ》きとる？

ってことはつまり……同居解消《どうきょかいしょう》ってこと!?

「そ、そんな……っ。じゃあ私《わたし》、また転校《てんこう》するってことですか？」

私《わたし》がおそるおそるたずねると、誠《まこと》さんは少《すこ》し困《こま》った顔《かお》でうなずく。

「もちろんうちとしては、このままずっといてくれて全然《ぜんぜん》かまわないんだけどね。仁奈《にな》ちゃんがいなくなったら、伊織《いおり》たちもさみしがるだろうし」

どうしよう。とつぜんすぎて気持《きも》ちが追《お》いつかないよ。

まさか、こんなに早《はや》く同居生活《どうきょせいかつ》が終《お》わっちゃうなんて……。

「ただ鈴森《すずもり》くんが、自分《じぶん》が帰国《きこく》してからもうちに世話《せわ》になるのは申《もう》し訳《わけ》ないからって言《い》ってね。仁奈《にな》ちゃんには、地元《じもと》にもたくさん友《とも》だちがいるだろうし、もとの環境《かんきょう》に戻《もど》れたほうが僕《ぼく》としてもいいのかなと思《おも》って」

誠《まこと》さんはそう言《い》うけれど、私《わたし》は正直《しょうじき》ショックで言葉《ことば》が出《で》てこない。

だって、今《いま》の生活《せいかつ》があまりにも楽《たの》しいから。

七瀬家《ななせけ》の居心地《いごこち》がよすぎて、正直帰《しょうじきかえ》りたくないよ。

3兄弟《きょうだい》とも、学校《がっこう》のみんなとも離《はな》れたくない……。

「ま、マジかよっ！　冗談《じょうだん》だろ!?」

するとそこに、大声《おおごえ》とともにドタバタと足音《あしおと》が聞《き》こえて。

驚《おどろ》いて振《ふ》り返《かえ》ったら、そこには飛鳥《あすか》くんと春馬《はるま》くんの姿《すがた》があった。

「飛鳥《あすか》くん！　春馬《はるま》くん！」

「ごめん、俺《おれ》たちも今《いま》の話《はなし》聞《き》いちゃったんだけど……。仁奈《にな》ちゃん、自分《じぶん》の家《いえ》に帰《かえ》っちゃうの？」

春馬《はるま》くんに聞《き》かれて、気《き》まずい顔《かお》でうなずく私《わたし》。

「そ、そうみたいです……」

そしたら飛鳥《あすか》くんと春馬《はるま》くんは、ふたりそろって顔《かお》をしかめた。

「なんでだよっ。ずっとここにいてくれていいのに！」

「俺《おれ》も、仁奈《にな》ちゃんがいなくなったらさみしいよ」

そう言《い》われたら、なんだか涙《なみだ》が出《で》そうになっちゃう。

ふたりとも、私《わたし》のことをそんなふうに思《おも》ってくれてたんだ。

「なぁ親父《おやじ》、なんとか仁奈《にな》の親《おや》を説得《せっとく》できねーの？」

すると飛鳥《あすか》くんが、身《み》を乗《の》り出《だ》して誠《まこと》さんにたずねて。

「いやしかし、これは仁奈《にな》ちゃんの家庭《かてい》の事情《じじょう》だから、こちらから無理《むり》にとは言《い》えないよ」

誠《まこと》さんが苦《くる》しそうな顔《かお》で答《こた》えると、飛鳥《あすか》くんは残念《ざんねん》そうにうつむいた。

「そっか。そうだよな……」

「伊織《いおり》は知《し》ってるの？」

春馬《はるま》くんに聞《き》かれて、首《くび》を横《よこ》にふる誠《まこと》さん。

それを見《み》て、思《おも》わず声《こえ》をかける私《わたし》。

「あのっ、このことはまだ伊織《いおり》くんには言《い》わないでもらえませんか？　できれば自分《じぶん》で伝《つた》えたくて……」

正直《しょうじき》なところ、伊織《いおり》くんにはまだ知《し》られたくない。

離《はな》ればなれになるなんて、そんなこと言《い》いたくないよ……。

すると、飛鳥《あすか》くんたち３人《にん》は「わかった」とうなずいてくれて。

私《わたし》は今《いま》にも泣《な》きそうになるのをこらえるだけで必死《ひっし》だった。

6 同居《どうきょ》がバレちゃった!?

その日《ひ》の夜《よる》は、ショックでなかなか眠《ねむ》れなかった。
布団《ふとん》の中《なか》でずっと考《かんが》えごとをしてばかりで。
これが夢《ゆめ》だったらいいのに、なんて思《おも》っちゃう。
だって信《しん》じられないよ。七瀬家《ななせけ》での同居《どうきょ》がもう終《お》わっちゃうなんて……。
せっかくみんなと仲良《なかよ》くなれたし、学校生活《がっこうせいかつ》にもなれたところだったのに。
みんなと離《はな》れたくない。もっといっしょにいたいよ。
伊織《いおり》くんへの気持《きも》ちにも、気《き》がついたばかりだったのに……。
転校《てんこう》することだって、どうやってみんなに伝《つた》えればいいのかな。
マリカちゃんや海斗《かいと》くんたちもきっと、びっくりするよね。
パパが私《わたし》を迎《むか》えにくるのは、25日《にち》のクリスマスだって言《い》ってた。

だから24日《か》のマジカルランドが、みんなといっしょにいられる最後《さいご》の日《ひ》なんだ。

伊織《いおり》くんは、私《わたし》が七瀬家《ななせけ》を出《で》ていくって知《し》ったら、どう思《おも》うんだろう。

飛鳥《あすか》くんたちみたいに、さみしいって思《おも》ってくれるのかな……。

あれこれ考《かんが》えていたら、いつのまにか眠《ねむ》りについていた。


次《つぎ》の日《ひ》の土曜日《どようび》。いつもよりおそい時間《じかん》に起《お》きて朝《あさ》ごはんを食《た》べた私《わたし》は、桃愛《もあ》ちゃんに電話《でんわ》してみることにした。

とにかくまずは、同居《どうきょ》のヒミツを知《し》っている桃愛《もあ》ちゃんに報告《ほうこく》しようと思《おも》って。

それに桃愛《もあ》ちゃんにはもうひとつ、伝《つた》えておきたいことがあるんだ。

電話《でんわ》をかけると、桃愛《もあ》ちゃんは意外《いがい》にもすぐに出《で》てくれた。

『もしもーし。どうしたの？』

「ごめんね急《きゅう》に。ちょっと桃愛《もあ》ちゃんに報告《ほうこく》したいことがあって……」

私《わたし》が同居解消《どうきょかいしょう》と転校《てんこう》の件《けん》を話《はな》すと、桃愛《もあ》ちゃんは電話《でんわ》の向《む》こうでぎょっとしたように大声《おおごえ》をあげた。

『えぇ～っ!? ウソでしょっ！』

そしてすぐ、泣《な》きそうな声《こえ》になると。

『嫌《いや》だよ仁奈《にな》ちゃん……。せっかく友《とも》だちになれたのにっ……』

そんなふうに言《い》われたら、私《わたし》まで泣《な》きそうになっちゃう。

「私《わたし》も、めちゃくちゃショックで……。正直《しょうじき》帰《かえ》りたくない。ずっとここにいたいよ」

私《わたし》が答《こた》えたら、桃愛《もあ》ちゃんは少《すこ》し黙《だま》ってから再《ふたた》び口《くち》を開《ひら》いた。

『伊織《いおり》くんは、なんて？』

「それが、まだ言《い》えてないんだ。……ねぇ桃愛《もあ》ちゃん」

そこで、おそるおそる切《き》り出《だ》す私《わたし》。

「私《わたし》ね、やっぱり伊織《いおり》くんのことが好《す》きかもしれない……」

思《おも》いきって打《う》ち明《あ》けたら、桃愛《もあ》ちゃんは今度《こんど》はうれしそうに声《こえ》を張《は》りあげた。

『きゃ～っ、やっぱり!! やっと気《き》がついたんだね！』

「う、うん」

『絶対《ぜったい》そうだと思《おも》ってたよ～！ だってこの前《まえ》も伊織《いおり》くん、仁奈《にな》ちゃんのことお姫様抱《ひめさまだ》っこして助《たす》けてたじゃない。あれを見《み》て、やっぱりこのふたりはお似《に》あいだなって思《おも》ったんだ！』

「いやいや、そんなっ……」

お似《に》あいなんて言《い》われたら照《て》れちゃうけど。

でも自分《じぶん》の気持《きも》ちを打《う》ち明《あ》けたら、どこかすっきりした気分《きぶん》になった。

『それなのにお別《わか》れだなんて……つらいね』

桃愛《もあ》ちゃんに言《い》われて、また胸《むね》がズキンと痛《いた》む。

「そうなの。だからまだ同居解消《どうきょかいしょう》のことも言《い》い出《だ》せなくて……」

『そっかぁ。でも、離《はな》れる前《まえ》に気持《きも》ち伝《つた》えなくてもいいの？』

「えっ！」

それってまさか……告白《こくはく》するってこと!?

「そ、そんなっ。告白《こくはく》だなんて……！」

『そうだ！　マジカルランドへいく日《ひ》に告白《こくはく》しちゃえば!?』

すると、桃愛《もあ》ちゃんがとつぜん思《おも》いがけない提案《ていあん》をしてきて。

「えぇっ！　言《い》えないよっ。だって伊織《いおり》くんは恋愛《れんあい》はしないって言《い》ってたし、私《わたし》のことなんて……」

そもそも私《わたし》、「好《す》きになるなよ」って言《い》われてたのに好《す》きになっちゃったんだから！

『そうかなぁ？　私《わたし》は、後悔《こうかい》しないように気持《きも》ち伝《つた》えたほうがいいと思《おも》うけどな』

桃愛《もあ》ちゃんにそう言《い》われたとたん、気持《きも》ちがぐらぐらゆれる。

たしかにこのままなにも言《い》わずに別《わか》れたら、後悔《こうかい》しちゃうのかな……。

もし私《わたし》が「好《す》き」なんて言《い》ったら、伊織《いおり》くんはどんな顔《かお》するんだろう。


週明《しゅうあ》けの月曜日《げつようび》。

登校《とうこう》して教室《きょうしつ》へと歩《ある》いていたら、なぜか廊下《ろうか》で同級生《どうきゅうせい》にジロジロ見《み》られているような感《かん》覚《かく》がした。

こちらを見《み》て、ヒソヒソとなにかしゃべっている人《ひと》の姿《すがた》もあって、すごく気《き》になっちゃう。

なんだろう。もしかして私《わたし》、ウワサされてる!?

なにかしたっけ？

そのまま教室《きょうしつ》に入《はい》ると、中《なか》がいつも以上《いじょう》にざわざわしていて。

不思議《ふしぎ》に思《おも》っていたら、マリカちゃんがすごい勢《いきお》いで私《わたし》のもとへと駆《か》け寄《よ》ってきた。

「鈴森《すずもり》さん、どういうこと!?　鈴森《すずもり》さんと伊織《いおり》くんがつきあってるってウワサになってるんだけど！」

「ええっ!?」

まって。なにそれ！

私《わたし》と伊織《いおり》くんがつきあってるって……どういうこと!?

「いっしょに住《す》んでるって本当《ほんとう》なの!?」

聞《き》いた瞬間《しゅんかん》、思《おも》わず背筋《せすじ》がゾッとした。

も、もしかして……ついに同居《どうきょ》のことがバレた？

でも、桃愛《もあ》ちゃん以外《いがい》にはヒミツにしてたはずなのに。

なんで……。

「ちょっと待《ま》って！　どうして急《きゅう》にそんなウワサが？」

とまどいながらもたずねたら、マリカちゃんが答《こた》える。

「今《いま》、学年中《がくねんじゅう》でウワサになってるのよ！　鈴森《すずもり》さんと伊織《いおり》くんがつきあってて、同居《どうきょ》までしてるってね。ほら、この前体育《まえたいいく》のとき伊織《いおり》くんが、鈴森《すずもり》さんのことを保健室《ほけんしつ》まで運《はこ》んだじゃない。あれで『あのふたりはどういう関係《かんけい》？』ってみんな疑《うたが》いはじめちゃったらしいの」

「ええっ！　そんな……っ」

じゃあ、あのお姫様抱《ひめさまだ》っこを見《み》られたのがきっかけ!?

でも、どうして同居《どうきょ》のことまで……。

「まぁ、私《わたし》も前《まえ》から仲《なか》がいいなとは思《おも》ってたけどね。だからって、同居《どうきょ》なんかしてるわけがないわよねぇ？　とにかく伊織《いおり》くんも困《こま》ってると思《おも》うから、鈴森《すずもり》さんどうにかしてよっ」

マリカちゃんに言《い》われて、あわてて教室《きょうしつ》に伊織《いおり》くんの姿《すがた》をさがす。

だけど、どこにも見当《みあ》たらなくて。

「い、伊織《いおり》くんはどこ!?」

私《わたし》がたずねると、マリカちゃんが答《こた》える。

「さっきサッカー部《ぶ》の男子《だんし》に呼《よ》ばれて、どこかへいったわよ」

「ありがとう！」

私《わたし》はいそいで教室《きょうしつ》を飛《と》び出《だ》した。

7 伊織《いおり》くんの本音《ほんね》

どうしようっ。大変《たいへん》なことになっちゃった！

まさか、伊織《いおり》くんとこんなふうにウワサを立《た》てられちゃうなんて。

なんで同居《どうきょ》のことまでバレたんだろう？　気《き》をつけてたはずなのに……。

学校中《がっこうじゅう》を走《はし》りまわって、伊織《いおり》くんの姿《すがた》をさがす。

だいじょうぶかな、伊織《いおり》くん。絶対困《ぜったいこま》ってるよね。

すると、中庭《なかにわ》で男子《だんし》たちの集団《しゅうだん》を発見《はっけん》して、思《おも》わず足《あし》を止《と》めた。

あれは……サッカー部《ぶ》の男子《だんし》たち！　伊織《いおり》くんもいっしょにいる！

伊織《いおり》くんは3人《にん》くらいの男子《だんし》に囲《かこ》まれて立《た》っていて、その中《なか》のひとりが伊織《いおり》くんにたずねる声《こえ》が聞《き》こえてくる。

「伊織《いおり》お前《まえ》、鈴森《すずもり》と同居《どうきょ》してるってウワサになってるけど、マジなの？」

聞《き》いた瞬間《しゅんかん》、ドクンと心臓《しんぞう》が音《おと》を立《た》てた。

やっぱり、私《わたし》とのウワサについて問《と》い詰《つ》められてるんだ！

「はっ。なんの話《はなし》？」

伊織《いおり》くんがとぼけたように答《こた》えると、続《つづ》けてとなりにいた男子《だんし》が。

「でも、鈴森《すずもり》が学校帰《がっこうがえ》りお前《まえ》の家《いえ》に入《はい》ってくのを、見《み》たやつがいるって」

言《い》われて伊織《いおり》くんは一瞬驚《いっしゅんおどろ》いた顔《かお》で黙《だま》ったけれど、すぐさま言《い》い返《かえ》した。

「それは、たまたま桃愛《もあ》がうちにきてたから、鈴森《すずもり》も遊《あそ》びにきただけだろ」

どうやら同居《どうきょ》のウワサは、私《わたし》が伊織《いおり》くんの家《いえ》に入《はい》るところを見《み》た誰《だれ》かが広《ひろ》めたみたい。

伊織《いおり》くん、このままうまくごまかしてくれたらいいけど……。

なんて思《おも》ってたら、男子《だんし》たちはまたニヤニヤしはじめて。

「へーっ。でも、やっぱり家《いえ》にきたりする関係《かんけい》なんだ〜」

「だってお前《まえ》ら、前《まえ》からいい感《かん》じだったもんな。ほら、前《まえ》に鈴森《すずもり》がマネージャーやったときもさ〜」

「じつは鈴森《すずもり》のこと好《す》きなんだろ？」

ひとりの男子《だんし》がからかうようにたずねる。

そしたら伊織《いおり》くんは、とっさに否定《ひてい》した。

「……っ、好《す》きじゃねーよっ。べつに仲良《なかよ》くもないし、ただのクラスメイトだし。同居《どうきょ》とかありえねーから！」

きっぱりと言《い》いきる伊織《いおり》くんを見《み》て、思《おも》わず息《いき》が止《と》まりそうになる。

とたんに胸《むね》の奥《おく》がズキズキと痛《いた》みはじめて。

男子《だんし》たちは圧倒《あっとう》されたように数秒黙《すうびょうだま》ると、顔《かお》を見《み》あわせて。

「そ、そっか。じゃあ、ただのウワサか〜」

どうやら誤解《ごかい》だと思《おも》ってくれたみたいでよかったけれど、私《わたし》はショックのあまりぼうぜんと立《た》ちつくしてしまった。

伊織《いおり》くんに、好《す》きじゃないって言《い》われちゃった……。

仲良《なかよ》くもないただのクラスメイトだって。

伊織《いおり》くんにとって私《わたし》は、その程度《ていど》の存在《そんざい》だったのかな。

仲良《なかよ》くなれたと思《おも》ってたのも、私《わたし》だけだったの？

どうしよう。気持《きも》ちに気《き》づいたそばから、さっそく失恋《しつれん》しちゃったよ……。

「はぁ……」

ダメだ。ため息《いき》が止《と》まらない。

家《いえ》に帰《かえ》ってソファに座《すわ》りこんだ私《わたし》は、そのまま立《た》ちあがれなくなってしまった。

そろそろ夜《よる》ごはんのしたくをしなきゃいけない時間《じかん》なのに、抜《ぬ》け殻《がら》みたいになっちゃって動《うご》けないよ……。

今日《きょう》聞《き》いた伊織《いおり》くんの言葉《ことば》が、ずっと頭《あたま》から離《はな》れない。

好《す》きな人《ひと》から好《す》きじゃないって言《い》われてしまうことが、こんなにもつらいなんて……。

これから伊織《いおり》くんと、どんなふうに接《せっ》したらいいんだろう。

まだ同居解消《どうきょかいしょう》のことだって言《い》えてないのに。

私《わたし》が会話《かいわ》を聞《き》いていたこと、伊織《いおり》くんは知《し》らないと思《おも》うけど、顔《かお》をあわせてもいつもどおり話《はな》せる気《き》がしないよ。

——ガチャッ。

そんなとき、ちょうどリビングのドアが開《ひら》いて、学校帰《がっこうがえ》りの伊織《いおり》くんが入《はい》ってきた。

「ただいま」

なんだか急《きゅう》に緊張《きんちょう》して、ドキドキしてくる私《わたし》。

「お、おかえりっ……」

気《き》まずさのあまり、ついぎこちない態度《たいど》になってしまった。

「はー。つかれた」

カバンを床《ゆか》に置《お》くと、ぐったりした様子《ようす》で座《すわ》りこむ伊織《いおり》くん。

やっぱり伊織《いおり》くん、ウワサの件《けん》でつかれてるのかな。

もしかして、部活《ぶかつ》でもあれこれ聞《き》かれたりしたとか？

勇気《ゆうき》を出《だ》して、今日《きょう》のことを切《き》り出《だ》してみる。

「き、今日《きょう》は、大変《たいへん》だったね」

そしたら伊織《いおり》くんは、苦笑《にがわら》いしながらうなずいて。

「あー、うん。なんかヘンなウワサ立《た》ってたみたいだな」

「なんかごめんね。私《わたし》のせいで……」

思《おも》わずあやまったら、伊織《いおり》くんは座《すわ》ったままこちらを見《み》て言《い》った。

「べつに。あれは仁奈《にな》のせいじゃないだろ」

「でも、私《わたし》がこの家《いえ》に出入《でい》りしてるのを見《み》られちゃったせいみたいだし……。伊織《いおり》くんも、みんなからいろいろ聞《き》かれたでしょ？」

おそるおそるたずねる私《わたし》。

すると、伊織《いおり》くんはクールな顔《かお》でうなずいた。

「あぁ。でもきっぱり否定《ひてい》しといたから。あんなウワサ本気《ほんき》にされたら迷惑《めいわく》だし」

「えっ」

迷惑《めいわく》……？

「同居《どうきょ》してるなんて、クラスのやつらにバレたら終《お》わりだからな」

……そっか。やっぱり。

伊織《いおり》くんは、みんなから私《わたし》とそういう関係《かんけい》だって思《おも》われたら迷惑《めいわく》なんだ。

当《あ》たり前《まえ》だよね。私《わたし》のことなんて好《す》きじゃないんだし……。

だけどここまできっぱり言《い》われてしまうと、やっぱりすごくショックで。

「そ、そうだよね……。私《わたし》と誤解《ごかい》されるなんて迷惑《めいわく》だよねっ」

言《い》い捨《す》てたとたん、走《はし》ってリビングを飛《と》び出《だ》す。

「えっ、仁奈《にな》？」

うしろから伊織《いおり》くんの驚《おどろ》くような声《こえ》がしたけれど、振《ふ》り返《かえ》らずに階段《かいだん》を駆《か》けあがる。

そして自分《じぶん》の部屋《へや》に入《はい》ったとたん、バタンとドアを閉《し》めた。

思《おも》わずその場《ば》にしゃがみこんだら、そのときコンコンとドアをノックする音《おと》がして。

「おい仁奈《にな》っ」

どうやら伊織《いおり》くんが追《お》いかけてきてくれたみたい。

だけど、とてもじゃないけど顔《かお》をあわせられそうになくて、ドアを閉《し》めたまま無視《むし》してしまった私《わたし》。

「うっ……」

こらえていた涙《なみだ》が、ぽろぽろとこぼれ落《お》ちてくる。

バカだなぁ、私《わたし》。なにを期待《きたい》していたんだろう。

今《いま》までずっと、どこかでうぬぼれてたよ。

伊織《いおり》くんにとって自分《じぶん》は、特別《とくべつ》な存在《そんざい》なんじゃないかって。
だけど、そんなのカンちがいだったみたい。
伊織《いおり》くんにとって私《わたし》は、ただの同居人《どうきょにん》で、ただのクラスメイト。
特別《とくべつ》だと思《おも》ってたのはきっと、私《わたし》だけだったんだ……。

8 重《かさ》なるショック

ミニサイズのハンバーグをひとつずつ箸《はし》でとって、お弁当箱《べんとうばこ》に詰《つ》める。

目《め》の前《まえ》には、3兄弟《きょうだい》のお弁当箱《べんとうばこ》が3つ。

もちろん伊織《いおり》くんのぶんもつくってある。

先日《せんじつ》伊織《いおり》くんにショックなことを言《い》われてからずっと落《お》ちこんでたけど、お弁当《べんとう》はちゃんとつくらなきゃと思《おも》って、今日《きょう》も早起《はやお》きをしたんだ。

そんなとき、横《よこ》から誰《だれ》かがのぞきこんできて。

「おっ。今日《きょう》はハンバーグ？　うまそう！」

誰《だれ》かと思《おも》えばそこにいたのは飛鳥《あすか》くん。

「ふふ、ありがとう。これで完成《かんせい》です」

そう言《い》って私《わたし》がお弁当箱《べんとうばこ》のふたを閉《し》めたら、飛鳥《あすか》くんがしみじみとした顔《かお》でつぶやいた。

「はぁ。やっぱりさみしいなー。こうやって仁奈《にな》に弁当《べんとう》つくってもらえるのも、あと少《すこ》しだもんなぁ」

そんなふうに言《い》われたら、私《わたし》もますますさみしくなっちゃう。

「私《わたし》もみんなのお弁当《べんとう》つくれなくなるの、さみしいです」

すると、飛鳥《あすか》くんがふと思《おも》い出《だ》したようにたずねてきた。

「てか、伊織《いおり》には話《はな》したの？　引《ひ》っ越《こ》すこと」

「えっと、それがまだ……。クラスのみんなにも話《はな》せてなくて」

「そっか。まぁ言《い》うタイミング考《かんが》えちゃうよな」

そんなとき、キッチンに伊織《いおり》くんが入《はい》ってきて。

「なに、なんの話《はなし》？」

いきなりそう聞《き》かれたので、ドキッとしてしまった。

飛鳥《あすか》くんがとっさに私《わたし》の肩《かた》を抱《だ》き寄《よ》せる。

「なんでもないよ〜。俺《おれ》と仁奈《にな》だけのないしょの話《はなし》」

「なっ……！」

ちょっと待《ま》って。そんな言《い》いかたしたら、なんか誤解《ごかい》されちゃいそうだよ〜っ。

そしたら伊織《いおり》くんは、ムッと眉《まゆ》をひそめて。

「……っ、なんだよ。ふたりでコソコソして」

あわてて私《わたし》は飛鳥《あすか》くんから離《はな》れると、伊織《いおり》くんのお弁当箱《べんとうばこ》を袋《ふくろ》に入《い》れて手渡《てわた》した。

「あ、伊織《いおり》くんのお弁当《べんとう》もできてるよっ」

「……あぁ、ありがと」

ぶっきらぼうに受《う》けとると、さっと踵《きびす》を返《かえ》す伊織《いおり》くん。

「じゃあ俺《おれ》、もういくから」

それだけ告《つ》げると、そのままリビングへいってしまった。

「なんだよあいつ、むすっとして。もっと感謝《かんしゃ》しろよなぁ」

飛鳥《あすか》くんが、眉間《みけん》にシワを寄《よ》せてつぶやく。

だけどふと、私《わたし》のほうを見《み》たかと思《おも》えば。

「てか、もしかして伊織《いおり》となんかあった？」

とつぜん図星《ずぼし》をつかれたので、思《おも》わず動揺《どうよう》してしまった。

「えっ！　いや、なにもないですよっ」

「そう？　なんかふたり、最近《さいきん》あんましゃべってないみたいだったからさ」

うぅ、やっぱり飛鳥《あすか》くんには気《き》づかれてたんだ。

じつはあれ以来《いらい》、伊織《いおり》くんとずっとギクシャクしたままなんだよね……。

ダメだな。刻々《こくこく》と同居《どうきょ》解消《かいしょう》のときがせまってるというのに。

せめて引《ひ》っ越《こ》すことだけでも、ちゃんと自分《じぶん》で伝《つた》えなきゃダメだよね。

学校《がっこう》について下駄箱《げたばこ》で靴《くつ》を履《は》き替《か》えていたら、通《とお》りすがりの女子《じょし》たちがこちらを見《み》て話《はな》す声《こえ》が聞《き》こえてきた。

「ねぇあの子《こ》、伊織《いおり》くんの……」

「あぁ、あの話《はなし》はデマだったらしいよ。伊織《いおり》くんが完全否定《かんぜんひてい》したって」

それを聞《き》いて、複雑《ふくざつ》な気持《きも》ちながらもちょっとホッとする。

例《れい》のウワサは伊織《いおり》くんが否定《ひてい》してくれたおかげで、いったんおさまったみたいなんだ。

「イチゴちゃん、おはよ」

すると、そのとき横《よこ》からポンと誰《だれ》かに肩《かた》をたたかれて。

振《ふ》り向《む》くと、そこには玲《れ》央《お》先輩《せんぱい》の姿《すがた》が。

「あ、玲《れ》央《お》先輩《せんぱい》。おはようございます」

私《わたし》があいさつを返《かえ》したら、玲《れ》央《お》先輩《せんぱい》は立《た》ったまま私《わたし》の顔《かお》をじーっとのぞきこんできた。

そして、右手《みぎて》で私《わたし》の目《め》の下《した》にそっと触《ふ》れてきて。

「イチゴちゃん、もしかして寝不足《ねぶそく》？　目《め》の下《した》にクマできてる」

「ウソッ！」

やだ、恥《は》ずかしいよ～っ！

私《わたし》があわてて顔《かお》を手《て》でおおったら、玲《れ》央《お》先輩《せんぱい》はそんな私《わたし》を見《み》てくすくすと笑《わら》った。

「ダメだぞー、ちゃんと寝《ね》ないと。もしかしてなんか悩《なや》みごとでもあんの？」

「いえっ、ちょっと昨日《きのう》夜更《よふ》かししちゃっただけですよっ」

なんて言《い》ってはみたけれど、ほんとは最近《さいきん》考《かん》えごとをしすぎて毎日《まいにち》寝不足《ねぶそく》なんだ。

玲《れ》央《お》先輩《せんぱい》にもまだ、転校《てんこう》のことは話《はな》してないんだよね。

すると、玲《れ》央《お》先輩《せんぱい》は片手《かたて》を私《わたし》の頭《あたま》にポンとのせて。

「まぁ、なにかあったらいつでも相談《そうだん》しろよ。たぶん飛鳥《あすか》よりいいアドバイスできるぜ？」

「あ、ありがとうございますっ」

「イチゴちゃんには俺《おれ》も、飛鳥《あすか》とのことでいろいろ助《たす》けてもらったからさ。力《ちから》にならせてよ」

そんなふうに言《い》われたら、思《おも》わずジーンとしちゃう。

みんなやさしいなぁ。飛鳥《あすか》くんも玲央《れお》先輩《せんぱい》も。

それなのに、あと少《すこ》しでお別《わか》れだなんて。

やっぱりさみしい。引《ひ》っ越《こ》しなんてしたくないよ……。


「まずは、マジカルコースターに乗《の》るでしょ。で、そのあとホラーハウスにいって、お昼《ひる》はフードコートで食《た》べて〜。あと、最後《さいご》にパレードは絶対《ぜったい》見《み》なきゃ！」

桃愛《もあ》ちゃんがパンフレットを片手《かたて》にイキイキと話《はな》しはじめる。

すると、横《よこ》からマリカちゃんがムッとした顔《かお》でつっこんだ。

「ちょっと待《ま》って。なんであんたが全部《ぜんぶ》決《き》めるのよっ」

「だってー、ちゃんと計画《けいかく》立《た》ててまわらないと、乗《の》り物《もの》たくさん乗《の》れないよ？」

今《いま》はお昼休《ひるやす》み。桃愛《もあ》ちゃんやマリカちゃんたちと、マジカルランドの計画《けいかく》を立《た》てているところ。

桃愛《もあ》ちゃんは相当張《そうとうは》りきっていて、アトラクションをまわるコースまで考《かんが》えてくれているみたいなんだ。

「たしかに人気《にんき》の乗《の》り物《もの》はならぶみたいだし、順番《じゅんばん》は決《き》めておいたほうがいいかもね」

私《わたし》がそう言《い》うと、マリカちゃんが少《すこ》し不安《ふあん》そうな顔《かお》をする。

「っていうか、ホラーハウスってまさかお化《ば》け屋敷《やしき》じゃないでしょうね？」

聞《き》かれてパンフレットの説明《せつめい》を読《よ》んでみたら、そのとおりお化《ば》け屋敷系《やしきけい》のアトラクションのようだった。

「うーん。ゴーストやモンスターがいっぱいって書《か》いてあるから、こわい系《けい》かも。マリカちゃん、こわいの苦手《にがて》？」

私《わたし》がたずねたら、強《つよ》がるように否定《ひてい》するマリカちゃん。

「そそ、そんなわけないでしょっ。べつに平気《へいき》よ……！」

すると、その様子《ようす》を見《み》ていた大黒《おおぐろ》くんが、ドンと自分《じぶん》の胸《むね》をたたいた。

「だいじょうぶっ！　俺《おれ》がマリカちゃんをお化《ば》けから守《まも》ってあげるから！」

「だから、平気《へいき》だってば〜っ」

するととつぜん、ドタバタと足音《あしおと》が聞《き》こえてきて。

「た、大変《たいへん》だぁっ……!!」

大声《おおごえ》とともに海斗《かいと》くんが教室《きょうしつ》に駆《か》けこんできたので、みんないっせいにそちらを向《む》いた。

「海斗《かいと》くん、どうしたの？」

私《わたし》がたずねると、海斗《かいと》くんは息《いき》を切《き》らしながら。

「聞《き》いてくれよ！　伊織《いおり》のやつ、サッカー留学《りゅうがく》するらしいぜ！」

「「ええっ!?」」

「冬休《ふゆやす》みからイギリスにいくんだって！」

聞《き》いた瞬間《しゅんかん》、そこにいたみんながぎょっとした顔《かお》をする。

待《ま》って。なにそれ！

留学《りゅうがく》って、ウソでしょ……。

「くわしいことはよくわかんないけど、さっき伊織《いおり》が顧問《こもん》と話《はな》してるの聞《き》いちゃって……」

続《つづ》けて海斗《かいと》くんがそう語《かた》ると、マリカちゃんが両《りょう》ほほに手《て》を当《あ》てて、魂《たましい》の抜《ぬ》けたような声《こえ》をあげた。

「そ、そんなぁっ。伊織《いおり》くん……」

「なにそれ！　初《はじ》めて聞《き》いたんだけど！」

どうやら桃愛《もあ》ちゃんも初耳《はつみみ》みたい。

そんな話《はなし》、私《わたし》も一度《ど》も聞《き》いたことがなかったよ。

「俺《おれ》だって全然《ぜんぜん》知《し》らなかったもん。なんであいつなにも言《い》わないかなぁ」

海斗《かいと》くんも額《ひたい》に手《て》を当《あ》て、落《お》ちこんだようにつぶやく。

マリカちゃんもショックを隠《かく》しきれない様子《ようす》で。

「じゃあ、しばらく会《あ》えなくなるってこと？　嫌《いや》よ……っ」

「マジか……。さみしくなるなぁ」

大黒《おおぐろ》くんも唖然《あぜん》とした表情《ひょうじょう》をしている。

私《わたし》もあまりにショックで言葉《ことば》が出《で》てこなくて。

すると、しばらく考《かんが》えこんだように黙《だま》っていた海斗《かいと》くんが、口《くち》を開《ひら》いた。

「でもあいつ、いつか海外《かいがい》でサッカーしてみたいって言《い》ってたんだよな。だからある意味《いみ》これは、夢《ゆめ》が叶《かな》うってことなのかも」

そして、みんなに向《む》かって呼《よ》びかけるように。

「よしっ。世界《せかい》に羽《は》ばたく伊織《いおり》のことを、みんなで応援《おうえん》しようぜ！」

すると、大黒《おおぐろ》くんがすぐさま賛同《さんどう》する。

「そうだな！　俺《おれ》も全力《ぜんりょく》で応援《おうえん》するよ！」

そしたらマリカちゃんも顔《かお》をあげて。

「そ、そうね。さみしいけど……。じゃあマジカルランドへいく日《ひ》に、伊織《いおり》くんにみんなでサプライズでプレゼントを渡《わた》したりするのはどう？」

「いいね！」

沈《しず》んだ空気《くうき》がやわらいでいく中《なか》、言葉《ことば》を失《うしな》ったまま固《かた》まる私《わたし》。

すると、マリカちゃんが私《わたし》のほうを振《ふ》り返《かえ》って。

「ちょっと鈴森《すずもり》さん、だいじょうぶ？」

「えっ」

「いつもはこういうとき、鈴森《すずもり》さんが率先《そっせん》してやるじゃない。どうしたのよ、黙《だま》りこんじゃって」

言《い》われてようやくわれに返《かえ》った私《わたし》は、あわてて笑顔《えがお》をつくって答《こた》えた。

「あ……わ、私《わたし》も賛成《さんせい》！　いいアイデアだと思《おも》う！」

だけど、やっぱりショックを隠《かく》せなくて。

どうしよう。まさか伊織《いおり》くんまで海外《かいがい》にいっちゃうなんて。

私《わたし》も引《ひ》っ越《こ》すから、完全《かんぜん》に離《はな》ればなれってことだよね。

私《わたし》たち、本当《ほんとう》にもう会《あ》えなくなっちゃうかもしれないんだ……。

9 離《はな》れたくないよ

家《いえ》に帰《かえ》ってからも、ずっと伊《い》織《おり》くんの留《りゅう》学《がく》のことで頭《あたま》がいっぱいで、なにも手《て》につかなかった。

同《どう》居《きょ》解《かい》消《しょう》や、「好《す》きじゃない」って言《い》われたこと。そして、伊《い》織《おり》くんの留《りゅう》学《がく》。

ショックなことの連《れん》続《ぞく》で、もう心《こころ》が持《も》たなくなりそうだよ。

伊《い》織《おり》くんは、どうして留《りゅう》学《がく》のことを教《おし》えてくれなかったんだろう？

海《かい》斗《と》くんですら知《し》らなかったみたいだし、誰《だれ》にも相《そう》談《だん》せずに決《き》めたってこと？

あとで伊《い》織《おり》くんに、直《ちょく》接《せつ》聞《き》いてみようかな。

私《わたし》が引《ひ》っ越《こ》すことだって話《はな》さなくちゃいけないし。

でも、最《さい》近《きん》ずっとギクシャクしたままだから、話《はな》しかけづらいんだよね……。

「はぁ……」

ソファに座《すわ》ってクッションをギュッと抱《だ》きしめながら、大《おお》きくため息《いき》をつく。
するとそこにフウタが飛《と》んできて、クッションの上《うえ》にちょこんと乗《の》った。
『ダイジョウブ！　ダイジョウブ！』
とつぜんそんなふうに話《はな》しはじめたフウタを見《み》て、びっくりしちゃう。
もしかして、私《わたし》が元気《げんき》がないことに気《き》づいて、はげまそうとしてくれてるの？
やさしいなぁ、フウタ。
「ありがとう。フウタとももうお別《わか》れだなんて、さみしいな……」
私《わたし》がそう言《い》って手《て》を差《さ》し出《だ》すと、今度《こんど》は手《て》の上《うえ》に乗《の》ってくるフウタ。
そういえば私《わたし》、フウタにも最初《さいしょ》は『ヨソモノ』あつかいされてたんだっけ。
なつかしいなぁ。
思《おも》い返《かえ》せば、この家《いえ》にきてからいろんなことがあった。
もちろん大変《たいへん》なこともあったけど、楽《たの》しいことのほうがずっと多《おお》かったな。
だって七瀬家《なせけ》のみんなは本当《ほんとう》にやさしくて、いい人《ひと》たちばかりだったから。
この家《いえ》が、大好《だいす》きだったから——。

「嫌《いや》だ。離《はな》れたくないよ……っ」

泣《な》きそうな顔《かお》でつぶやいたら、そのときガチャッとドアが開《ひら》く音《おと》がして、春《はる》馬《ま》くんと飛《あ》鳥《すか》くんがリビングにやってきた。

「あ、仁《に》奈《な》ちゃん！」

なにやらふたりともバタバタしてるみたいだけど、どうしたんだろう。

と思《おも》ってたら。

「なぁ聞《き》いた!? 伊《い》織《おり》の留《りゅう》学《がく》のこと！」

飛《あ》鳥《すか》くんがあせったようにたずねてきたので、私《わたし》は内《ない》心《しん》ドキドキしながらうなずいた。

「あ、はい。今日《きょう》学校《がっこう》で海《かい》斗《と》くんから聞《き》いて……」

「じゃあ、仁《に》奈《な》ちゃんも今日《きょう》知《し》ったんだ。じつは俺《おれ》たちもさっき親《おや》父《じ》からメッセージきて知《し》ったんだよ」

「えっ！」

そうだったんだ。

まさか、春《はる》馬《ま》くんたちも聞《き》かされていなかったなんて！

「ただいまー」

するとそこに、ちょうど伊織《いおり》くんが帰《かえ》ってきて。

飛鳥《あすか》くんはリビングに入《はい》ってきた伊織《いおり》くんに、さっそく大声《おおごえ》でたずねた。

「おい伊織《いおり》、イギリスに留学《りゅうがく》するってマジなの!?」

「あぁ、うん」

けろっとした顔《かお》でうなずく伊織《いおり》くん。

そしたら続《つづ》けて春馬《はるま》くんが。

「やっぱり本当《ほんとう》なんだ……。ちなみに出発《しゅっぱつ》はいつ？」

「24日《か》の夜《よる》の飛行機《ひこうき》に乗《の》る予定《よてい》」

それを聞《き》いてまたびっくりしちゃう。

じゃあもう、あと1週間《しゅうかん》くらいしかないよ！

「マジかよっ。なんでそんなギリギリまで黙《だま》ってたんだよ！」

飛鳥《あすか》くんがムッとした顔《かお》で言《い》うと、バツが悪《わる》そうにあやまる伊織《いおり》くん。

「ごめん。言《い》おうと思《おも》ってたんだけど、なかなか言《い》い出《だ》すタイミングがなかったっていうか……」

「てか、24日《か》ってイブの日《ひ》じゃん！　マジカルランドはどうすんの？」

「あぁ。それはいくよ。でも夜《よる》の飛行機《ひこうき》に乗《の》るから、俺《おれ》は夕方《ゆうがた》ごろまでしかいられないと思《おも》う」

じゃあ、イブの日《ひ》がいっしょにいられる最後《さいご》の日《ひ》ってこと？

そんなっ……。

「そっか。さみしくなるなぁ」

春馬《はるま》くんがぽつりとつぶやく横《よこ》で、飛鳥《あすか》くんも眉《まゆ》をひそめながら。

「ほんとだよ、急《きゅう》にいなくなったらさみしいじゃねーか。なぁ仁奈《にな》？」

「は、はい……」

とつぜん話《はなし》を振《ふ》られて私《わたし》もうなずいたら、伊織《いおり》くんは申《もう》し訳《わけ》なさそうな顔《かお》で答《こた》えた。

「ごめんって。急《きゅう》に顧問《こもん》が話持《はなしも》ちかけてきたからさ。申《もう》し込《こ》み期限《きげん》まであんまり時間《じかん》なかったし、親父《おやじ》とだけ相談《そうだん》して決《き》めたんだよ」

「マジかー。親父《おやじ》も早《はや》く教《おし》えてくれればよかったのになぁ」

すると、春馬《はるま》くんがしみじみとした表情《ひょうじょう》で。

「でも伊織《いおり》、いつか海外《かいがい》でサッカーやりたいって言《い》ってたもんな。よかったじゃん。それって誰《だれ》でも声《こえ》がかかるわけじゃないんだろ？」

「うん。県内《けんない》から5人《にん》しか選《えら》ばれないらしい」

それを聞《き》いて、飛鳥《あすか》くんも目《め》を丸《まる》くする。

「えっ、なにそれ。すげーじゃん！」

「チャンスだから、がんばってこいよ」

春馬《はるま》くんにポンと肩《かた》をたたかれて、笑顔《えがお》でうなずく伊織《いおり》くん。

「ありがと」

だけど私《わたし》は、気《き》の利《き》いた言葉《ことば》ひとつ出《で》てこない。

本当《ほんとう》ならここは、伊織《いおり》くんにエールを送《おく》らなきゃいけないところなのに。

口《くち》を開《ひら》けば今《いま》にも泣《な》き出《だ》してしまいそうで、私《わたし》は涙《なみだ》をこらえるだけで精《せい》いっぱいだった。

10 後悔《こうかい》しないように

「……っく」
自分《じぶん》の部屋《へや》のベッドに座《すわ》って、こぼれてくる涙《なみだ》を手《て》で押《お》さえる。
ひとりになった瞬間《しゅんかん》、さっきまでこらえていた涙《なみだ》があふれ出《だ》してきて止《と》まらなかった。
結局私《けっきょくわたし》、伊織《いおり》くんに声《こえ》をかけることすらできなかったな……。
「がんばってね」くらい言《い》えたはずなのに、ショックで言葉《ことば》が出《で》てこなくて。
さっき留学《りゅうがく》のことを聞《き》いたとき、伊織《いおり》くんはやけに落《お》ち着《つ》いているように見《み》えた。
どうしてそんなに平然《へいぜん》としていられるんだろう。
みんなと離《はな》れることを、そこまでさみしがってはいないのかな？
私《わたし》との同居解消《どうきょかいしょう》ももしかしたら、伊織《いおり》くんにとっては大《たい》したことじゃなかったりして。
そう思《おも》ったらなんだかよけいにさみしくて。

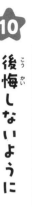

会《あ》えなくなるのはどっちにしろ同《おな》じだけど、ますます言《い》い出《だ》しづらくなっちゃったよ。

――コンコン。

すると、そのとき誰《だれ》かが部屋《へや》のドアをノックする音《おと》がして。

「あ、はいっ」

ドキッとして答《こた》えたら、飛鳥《あすか》くんの声《こえ》が聞《き》こえてきた。

「仁奈《にな》、入《はい》っていい？」

「えーっと……い、いいですよ」

ダメとも言《い》えるわけがなくて、あわてて袖《そで》でゴシゴシ涙《なみだ》をぬぐう。

そしたら飛鳥《あすか》くんがドアを開《あ》けて中《なか》に入《はい》ってきて。

「さっきはショック受《う》けてたみたいだけど、だいじょうぶ？　もしかして泣《な》いてた？」

さっそく泣《な》き顔《がお》に気《き》づかれてしまったみたいで、私《わたし》はとっさにいいわけをした。

「いえっ！　これは目《め》にゴミが……っ」

「はは、いいんだよごまかさなくて。仁奈《にな》だってびっくりしたよな。伊織《いおり》の留学《りゅうがく》のこと」

飛鳥《あすか》くんはそう言《い》うと、私《わたし》のとなりにそっと腰《こし》かけてくる。

「はい。まさか、伊織《いおり》くんまで遠《とお》くにいっちゃうとは思《おも》わなくて……」

私《わたし》がうなずいたら、飛鳥《あすか》くんもうんうんとうなずきながらつぶやいた。

「そうだよなー。俺《おれ》だってすげーさみしいよ。仁奈《にな》も伊織《いおり》もいなくなったら、家《いえ》の中《なか》シーンとしちゃうじゃん」

たしかに。いっきにふたりもいなくなっちゃうんだもんね。

「伊織《いおり》くんは、意外《いがい》と平気《へいき》なんですかね。みんなと離《はな》れること」

「えっ？」

私《わたし》がボソッとつぶやくと、飛鳥《あすか》くんが驚《おどろ》いた顔《かお》でこちらを見《み》る。

「だって伊織《いおり》くん、すごくケロッとしてたから。私《わたし》はこの家《いえ》を離《はな》れるのがさみしくてたまらないのに……」

そう言《い》ってうつむいたら、飛鳥《あすか》くんはなにを思《おも》ったのか、黙《だま》ったまま私《わたし》の顔《かお》をじっと見《み》つめてきた。

そして……。

「仁奈《にな》ってさ、もしかして伊織《いおり》のこと好《す》きなの？」

郵　便　は　が　き

料金受取人払郵便

神田局承認

6610

差出有効期間
2026年2月
28日まで

101-8051

050

神田郵便局郵便私書箱4号

集英社みらい文庫

読者カード係 行

みらい文庫オリジナル図書カード500円分を
抽選で毎月20名にプレゼント!

応募方法 このアンケートはがきに必要事項を記入してお送りください。

発表：賞品の発送をもってかえさせていただきます。

切手は不要です!
(差出有効期間をご確認ください)

ご住所（〒　　　-　　　　）

☎　　（　　　）

お名前

スマホを持っていますか？
はい・いいえ

学年（　　年）　年齢（　　歳）

性別（ 男・女・その他 ）

この本（はがきの入っていた本）のタイトルを教えてください。

いただいた感想やイラストを広告、HP、本の宣伝物で紹介してもいいですか？

1.本名でOK　2.ペンネーム（　　　　　　）ならOK　3.いいえ

※お送りいただいた方の個人情報を、本企画以外の目的で利用することはありません。資料として処理後は、破棄いたします
※差出有効期間を過ぎている場合は、切手を貼ってご投函ください。

★『集英社みらい文庫』読者カード★

「集英社みらい文庫」の本をお買い上げいただきありがとうございます。
これからの作品づくりの参考とさせていただきますので、下の質問にお答えください。

この本を何で知りましたか？

1. 書店で見て　2. 人のすすめ（友だち・親・その他）　3. ホームページ
4. 図書館で見て　5. 雑誌、新聞を見て（　　　　　　　　　　　　）
6. みらい文庫にはさみ込まれている新刊案内チラシを見て　7.YouTube「みらい文庫ちゃんねる」で見て　8. みらい文庫の本の巻末にある広告を見て
9. その他（　　　　　　　　　　　　　　　　　　　　　　　　　　）

この本を選んだ理由を教えてください。（いくつでもOK）

1. イラストが気に入って　2. タイトルが気に入って　3. あらすじを読んでおもしろそうだった　4. 好きな作家だから　5. 好きなジャンルだから
6. 人にすすめられて　7. その他（　　　　　　　　　　　　　　　）

好きなマンガまたはアニメを教えてください。（いくつでもOK）

（　　　　　　　　　　　　　　　　　　　　　　　　　　　　　　）

好きなテレビ番組を教えてください。（いくつでもOK）

（　　　　　　　　　　　　　　　　　　　　　　　　　　　　　　）

好きなYouTubeチャンネルを教えてください。（いくつでもOK）

（　　　　　　　　　　　　　　　　　　　　　　　　　　　　　　）

好きなゲームを教えてください。（いくつでもOK）

（　　　　　　　　　　　　　　　　　　　　　　　　　　　　　　）

この本を読んだ感想、この本に出てくるキャラクターについて自由に書いてください。イラストもOKです♪

「ええっ！」

思《おも》わぬ質問《しつもん》に、ドキッとして大声《おおごえ》が出《で》てしまう。

ちょっと待《ま》って。

どうして急《きゅう》にそんなこと!?

「な、なんでですかっ？」

明《あき》らかに動揺《どうよう》する私《わたし》を見《み》て、飛鳥《あすか》くんはくすっと笑《わら》った。

「あ、やっぱり図星《ずぼし》だった？　顔真《かおま》っ赤《か》にしちゃって、かわいいなぁ」

「いやいやっ、私《わたし》はその……っ」

「まぁ、見《み》てたらなんとなくわかったよ。ちょっと悔《くや》しいけどね～」

そう言《い》う飛鳥《あすか》くんは、もう完全《かんぜん》に私《わたし》が伊織《いおり》くんを好《す》きだってわかってるみたい。

どうしよう。ここはごまかすべき？

でも、もう引《ひ》っ越《こ》しちゃうんだし、飛鳥《あすか》くんになら知《し》られてもいいのかなぁ。

「そ……そんなに私《わたし》、わかりやすかったですか？」

おそるおそる認《みと》めるように答《こた》えたら、飛鳥《あすか》くんはほほえみながらうなずいた。

「うん。でも俺《おれ》は、伊織《いおり》も仁奈《にな》のことが気《き》になってるんじゃないかと思《おも》ってたけどね」

「ええっ！　それはないですよ！　だって伊織《いおり》くん、私《わたし》に『俺《おれ》のこと、絶対好《ぜったいす》きになるなよ』って……」

「ウソッ。あいつそんなこと言《い》ったの？　でも俺《おれ》から見《み》ると、伊織《いおり》は仁奈《にな》がこの家《いえ》にきて、ずいぶん変《か》わったと思《おも》うんだよね」

思《おも》いもよらないことを言《い》われて、目《め》を見《み》ひらく私《わたし》。

「えっ。伊織《いおり》くんがですか？」

「うん。なんていうか、明《あか》るくなった？　ほらあいつ、お母《かあ》さんが亡《な》くなってからしばらくふさぎこんでたし、一時期《いちじき》すげートゲトゲしてたからさぁ」

た、たしかに……。

出会《であ》ったころの伊織《いおり》くんはすごく冷《つめ》たくて、お母《かあ》さんのことをかなり引《ひ》きずってる感《かん》じだった。

あのころとくらべたら、だいぶ態度《たいど》がやわらかくなった気《き》がするけれど……。

「それって、私《わたし》の影響《えいきょう》なんですか？」

ドキドキしながらたずねたら、飛鳥《あすか》くんは大《おお》きくうなずいた。

「うん。絶対《ぜったい》仁奈《にな》のおかげだと思《おも》うよ。仁奈《にな》の明《あか》るさがうちの中《なか》を明《あか》るくしてくれた気《き》がするからさ」

「そ、そんなっ。ありがとうございます」

「伊織《いおり》が女子《じょし》にここまで気《き》を許《ゆる》すようになったのも、初《はじ》めて見《み》たし。やっぱり伊織《いおり》にとっても仁奈《にな》は、特別《とくべつ》な存在《そんざい》だって俺《おれ》は思《おも》うよ」

「飛鳥《あすか》くん……」

あぁ、どうしよう。

そんなふうに言《い》ってもらえたら、また泣《な》きそうになっちゃうよ。

じゃあ私《わたし》、伊織《いおり》くんにとって少《すこ》しは特別《とくべつ》な存在《そんざい》になれてたのかな？

たとえそれが、恋愛対象《れんあいたいしょう》じゃなかったとしても……。

飛鳥《あすか》くんが部屋《へや》を出《で》ていったあと、思《おも》わずスマホのアルバムを開《ひら》いてみた私《わたし》。

そこには七瀬家《ななせけ》にきてから今《いま》までに撮《と》った写真《しゃしん》が、たくさんならんでいて。

伊織《いおり》くんといっしょに写《うつ》った写真《しゃしん》も、思《おも》いのほかいっぱいある。

クラフェスの買《か》い出《だ》しでみんなと撮《と》った写真《しゃしん》や、お祭《まつ》りのあと庭《にわ》でいっしょに花火《はなび》をしたときの写真《しゃしん》。

ミスターコンの写真撮影《しゃしんさつえい》で寄《よ》ったスイーツカフェの写真《しゃしん》や、この前《まえ》のハロウィンイベントの仮装写真《かそうしゃしん》まで。

どれも本当《ほんとう》に楽《たの》しかったなぁ……。

思《おも》い返《かえ》せば伊織《いおり》くんは、いつも私《わたし》のことを助《たす》けてくれた。

私《わたし》のおせっかいな性格《せいかく》のことも認《みと》めてくれたし、落《お》ちこんだときははげましてくれて。

それなのに私《わたし》、きちんと感謝《かんしゃ》も伝《つた》えられてないよ。

気《き》まずいからってずっと避《さ》けるような態度《たいど》をとって、逃《に》げちゃってた。

やっぱりこんな終《お》わりかた、嫌《いや》だよ。

このままさよならしたら、桃愛《もあ》ちゃんが言《い》うように絶対後悔《ぜったいこうかい》しちゃうよね……。

うん。やっぱり私《わたし》、別《わか》れる前《まえ》にできる限《かぎ》りのことをしよう。

伊織《いおり》くんにちゃんと、自分《じぶん》の気持《きも》ちを伝《つた》えるんだ――。

11 マジカルランド

「で、できた……！」

編《あ》み針《ばり》を手《て》に、思《おも》わず声《こえ》をあげる。

目《め》の前《まえ》には、完成《かんせい》したばかりの青《あお》いマフラー。伊織《いおり》くんにプレゼントしようと思《おも》って編《あ》んだんだ。

伊織《いおり》くんにクリスマスプレゼントをあげるならなににしようって悩《なや》んだとき、ちょうど橋本《はしもと》さんたちから聞《き》いたマフラーのことを思《おも》い出《だ》したの。

イギリスの冬《ふゆ》は寒《さむ》いって言《い》うし、このマフラーで少《すこ》しでもあったまってくれたらいいなと思《おも》って。

明日《あした》はいよいよクリスマスイブ。伊織《いおり》くんといっしょにいられる最後《さいご》の日《ひ》。

私《わたし》は結局《けっきょく》まだ、伊織《いおり》くんに引《ひ》っ越《こ》しのことは話《はな》せていない。

だけど、明日《あした》こそは伝《つた》えようって思《おも》ってる。

そして最後《さいご》にちゃんと言《い》うって決《き》めたんだ。

伊織《いおり》くんのことが好《す》きだって。

告白《こくはく》するなんて生《う》まれて初《はじ》めてだから、すごく緊張《きんちょう》しちゃうけど。

気持《きも》ちを伝《つた》えたら、伊織《いおり》くんはどんな顔《かお》するんだろう？

せめて最後《さいご》は笑顔《えがお》でお別《わか》れしたい。

後悔《こうかい》だけはしないように……。

マフラーをキレイにラッピングしてカバンの中《なか》に入《い》れた私《わたし》は、そのまま眠《ねむ》りについた。


「すごい……！　ここがマジカルランド!?」

ゲートをくぐった瞬間《しゅんかん》、思《おも》わず大声《おおごえ》をあげてしまった私《わたし》。

そしたらとなりにいた桃愛《もあ》ちゃんも、目《め》を輝《かがや》かせてはしゃぎはじめた。

「すてき～っ！　まさに夢《ゆめ》の国《くに》って感《かん》じ！」

今日《きょう》はクリスマスイブ当日《とうじつ》。

約束《やくそく》どおり、みんなでマジカルランドにやってきたんだ。

パーク内《ない》はどこもかしこもクリスマス仕様《しよう》に装飾《そうしょく》されていて、とってもきらびやか。

あちこちにリースやベルが飾《かざ》ってあったり、サンタの帽子《ぼうし》をかぶったキャストさんが歩《ある》いていたり。

ちなみに伊織《いおり》くんは飛行機《ひこうき》の時間《じかん》があるから、19時《じ》までしかここにはいられないみたいなの。

だから、その前《まえ》にプレゼントを渡《わた》さなきゃ。

もちろん告白《こくはく》も――。

それにしても、クリスマスイブというだけあってカップルが多《おお》いなぁ。

みんな手《て》をつなぎあっていて、すごく幸《しあわ》せそう。

ちょっぴりうらやましい気持《きも》ちになりながら見《み》つめていたら、前《まえ》に立《た》っていたマリカちゃんがむすっとした顔《かお》でつぶやいた。

「ちょっと～、カップルばっかりじゃないの！」

すると、それを聞《き》いた海斗《かいと》くんが冗談《じょうだん》っぽく。

「いやでも、はたから見《み》たら高梨《たかなし》さんと大黒《おおぐろ》だってカップルに見《み》えるよ」

「ほんとに!?　うれしいな〜」

大黒《おおぐろ》くんがデレデレしながらよろこんでいたら、マリカちゃんがちょっと顔《かお》を赤《あか》らめながらつっこむ。

「バ、バカッ。ヘンなこと言《い》わないでよっ……！」

ほほえましいやりとりに、思《おも》わず笑《わら》っちゃった。

マリカちゃんと大黒《おおぐろ》くんって、やっぱりなんだかんだお似《に》あいなんだよね。

なんて思《おも》ってたら。

「これはテンションあがっちゃうな〜。イチゴちゃん、写真撮《しゃしんと》ろうよ」

玲央先輩《れおせんぱい》が、スマホを片手《かたて》に私《わたし》の腕《うで》をギュッとつかんできて。

「はいっ。いいですよ」

いっしょについていくと、うしろから飛鳥《あすか》くんもついてくる。

「あ、ずるいぞ玲央《れお》！」

「待《ま》てよ。俺《おれ》も入《はい》るし」

さらにはなぜか伊織《いおり》くんまで入《はい》ってきて。

その様子《ようす》を見《み》ていた春馬《はるま》くんが、みんなに向《む》かって声《こえ》をかけた。

「それなら俺《おれ》がカメラ係《がかり》やるから、みんなでいっしょに撮《と》ろうよ」

「さんせーい！」

そんなこんなで、さっそくみんなで記念写真《きねんしゃしん》を撮《と》ることに。

せっかくならツリーの前《まえ》がいいということになって、パーク内《ない》で一番大《ばんおお》きなクリスマスツリーの前《まえ》にみんなで歩《ある》いていった。

「すっげー！　なにこれ、超映《ちょうば》えるじゃん……！」

飛鳥《あすか》くんがツリーを見上《みあ》げながら声《こえ》をあげる。

色《いろ》とりどりのオーナメントやリボンで装飾《そうしょく》されたツリーは、とっても豪華《ごうか》で思《おも》わず見《み》とれてしまいそうになるほど。

すると、桃愛《もあ》ちゃんがツリーを指《ゆび》さして。

「このツリーはね、夕方《ゆうがた》になるとライトアップされるんだよ！」

「そうなんだ！　ロマンチックだね」

思《おも》わずこのあとのことを想像《そうぞう》してしまう。

伊織《いおり》くんを呼《よ》び出《だ》すならやっぱり、このツリーの前《まえ》がいいかな？

ライトアップされたころに、ここでプレゼントを渡《わた》して、それで……。

って、なんか急《きゅう》にドキドキしてきちゃった！

落《お》ち着《つ》かない気持《きも》ちで、みんなといっしょにツリーの前《まえ》にならぶ。

「じゃあ撮《と》るよ～。はい、チーズ」

――カシャッ。カシャッ。

すると、さっそく春馬《はるま》くんがスマホで何枚《なんまい》か写真《しゃしん》を撮《と》ってくれた。

「ねえ、次《つぎ》は春馬《はるま》くんもいっしょに撮《と》ろうよ！」

桃愛《もあ》ちゃんがそう言《い》ったのを聞《き》いて、すかさず手《て》をあげる私《わたし》。

「じゃあ、次《つぎ》は私《わたし》がカメラ係《がかり》やるよっ」

「いやいや。そこは俺《おれ》がやりますよ～」

だけどなぜか、阻止《そし》するように海斗《かいと》くんが手《て》を出《だ》してきて。

私《わたし》に顔《かお》を近《ちか》づけると、コソッと耳打《みみう》ちしてくる海斗《かいと》くん。

「ほら、鈴森《すずもり》さんは伊織《いおり》のとなりにどーぞ」

そしてさりげなく伊織《いおり》くんのとなりに誘導《ゆうどう》してきたので、照《て》れながらも私《わたし》はそこにならんだ。

その瞬間《しゅんかん》伊織《いおり》くんとバチッと目《め》があって、いっきにまた鼓動《こどう》が早《はや》まる。

じつは私《わたし》たち、いまだにちょっとぎこちないままなんだ。

でも今日《きょう》こそは、いつもどおりにしようって決《き》めてるの。

みんなといっしょにいられる最後《さいご》の日《ひ》なんだから、目《め》いっぱい楽《たの》しまないとね。


「まずは、マジカルコースターだよね！」

桃愛《もあ》ちゃんが張《は》りきったように目《め》を輝《かがや》かせる。

アトラクションひとつめは、一番人気《ばんにんき》のコースターに乗《の》ることになったんだ。

みんなで列《れつ》にならんだら、そこでさりげなく海斗《かいと》くんが声《こえ》をかけてきた。

「あ、伊織《いおり》は鈴森《すずもり》さんとペアね〜」

またしても、伊織《いおり》くんのとなりをゆずられてしまい、ドキッとする。

ちょっと待《ま》って。いくら今日《きょう》でお別《わか》れとはいえ、海斗《かいと》くんあからさまじゃない？

「俺《おれ》はべつにいいけど」

だけど、伊織《いおり》くんは嫌《いや》な顔《かお》をしたりせずにオッケーしてくれたので、とてもうれしくなってしまった。

すると、今度《こんど》は飛鳥《あすか》くんが気《き》を利《き》かせたように。

「じゃあ、俺《おれ》は玲央《れお》とペアで乗《の》るから。ハル兄《にい》は桃愛《もあ》ちゃんといっしょに乗《の》ったら？」

聞《き》かれた春馬《はるま》くんは、ニコッと笑《わら》って桃愛《もあ》ちゃんに声《こえ》をかける。

「そうしようかな。桃愛《もあ》ちゃん、いっしょにいい？」

「も、もちろんっ！　春馬《はるま》くんがとなりにいてくれたら安心《あんしん》する！」

私《わたし》も思《おも》いきって、自分《じぶん》から伊織《いおり》くんに話《はな》しかけてみた。

「伊織《いおり》くんは、ジェットコースターは平気《へいき》？」

すると、こちらを振《ふ》り向《む》いてうなずく伊織《いおり》くん。

「うん。俺《おれ》は全然平気《ぜんぜんへいき》だけど。仁奈《にな》は？」

「私《わたし》も乗《の》れるんだけど、あんまり速《はや》いのは苦手《にがて》で……」

「マジかよ。これもけっこう速《はや》いって聞《き》いたけど」

「えっ、そうなの!?」

どうしよう。

でも、せっかくきたんだから乗《の》らないともったいないよね。

席《せき》も伊織《いおり》くんのとなりになっちゃったし、いろんな意味《いみ》でドキドキしてきたよ〜!

「き……きゃあああああああぁ〜〜!!」

コースターが落下《らっか》したとたん、大絶叫《だいぜっきょう》する私《わたし》。

伊織《いおり》くんの言《い》うとおり、マジカルコースターはハイスピードなうえに急《きゅう》こう配《ばい》で、息《いき》をするのも忘《わす》れてしまいそうなこわさだった。

「無理《むり》無理《むり》無理《むり》〜〜〜っ!!」

前《まえ》の席《せき》に座《すわ》るマリカちゃんも、大声《おおごえ》で叫《さけ》びながら大黒《おおぐろ》くんにしがみついている。

となりの伊織《いおり》くんは、声《こえ》もあげずに平気《へいき》な顔《かお》して乗《の》ってるみたいだけど。

坂《さか》を一度《ど》降《お》りきったと思《おも》ったら、また昇《のぼ》って降《お》りて、最後《さいご》まで休《やす》む暇《ひま》もなく走《はし》り続《つづ》けるコースター。

無事終着点《ぶじしゅうちゃくてん》にたどりついたときには、叫《さけ》びつかれてヘロヘロになっていた。

「楽《たの》しかった〜！」

コースターを降《お》りて出口《でぐち》から出《で》たところで、桃愛《もあ》ちゃんが笑顔《えがお》で声《こえ》をあげる。

となりでやさしく声《こえ》をかける春馬《はるま》くん。

「だいじょうぶ？　こわくなかった？」

「うんっ。春馬《はるま》くんの腕《うで》つかんでたから、全然《ぜんぜん》こわくなかったよ」

いつのまにかいいふんいきになっているふたりはとってもほほえましかったけれど、内心《ないしん》私《わたし》はそれどころじゃなかった。

だって、いまだにぐるぐる目《め》がまわってるから。

そしたらマリカちゃんもまた、ぐったりした表情《ひょうじょう》で。

「私《わたし》、死《し》ぬかと思《おも》ったんだけど……。ねぇ鈴森《すずもり》さん？」

「う、うん……」

思《おも》わずうなずいたら、大黒《おおぐろ》くんが胸《むね》に手《て》を当《あ》てながらうれしそうな顔《かお》でつぶやいた。

「俺《おれ》はジェットコースターよりも、マリカちゃんにドキドキしちゃったよ〜」

たしかにさっきマリカちゃんは、さりげなく大黒《おおぐろ》くんにしがみついてたもんね。

私《わたし》はさすがに伊織《いおり》くんにしがみつくことはできなかったけど。

それにしても、体《からだ》がフラフラするよ〜。まっすぐ歩《ある》けないかも……。

するとˋ桃愛《もあ》ちゃんが春馬《はるま》くんの上着《うわぎ》の袖《そで》を引《ひ》っ張《ぱ》って。

「ねぇ、ちょっとそこのお店《みせ》寄《よ》ってもいい？」

「いいよ。俺《おれ》もおみやげ見《み》たいな」

続《つづ》いて飛鳥《あすか》くんや玲央《れお》先輩《せんぱい》たちも、ぞろぞろとおみやげショップへと入《はい》っていく。

だけど私《わたし》は立《た》っているのも精《せい》いっぱいな状況《じょうきょう》だったので、思《おも》わず近《ちか》くにいたマリカちゃんに声《こえ》をかけた。

「ごめん。私《わたし》、目《め》がまわっちゃったからそこのベンチに座《すわ》ってるね」

「わかった、みんなに伝《つた》えとくわ。だいじょうぶなの？」

「うん。すぐに戻《もど》るから」

フラフラした足《あし》どりで歩《ある》いていき、近《ちか》くにあったベンチに腰《こし》かける。

そのままベンチに座《すわ》って休《やす》んでいたら、ふと誰《だれ》かに声《こえ》をかけられた。

「仁奈《にな》」

その声《こえ》にドキッとして振《ふ》り向《む》くと、伊織《いおり》くんが駆《か》け寄《よ》ってくる姿《すがた》が見《み》えて。

「え、伊織《いおり》くん！　おみやげ見《み》てたんじゃなかったの？」

思《おも》わずたずねたら、伊織《いおり》くんは少《すこ》し困《こま》った顔《かお》で答《こた》える。

「見《み》てたけど、仁奈《にな》がいないと思《おも》ったからさがしにきたんだよ。ほんとにだいじょうぶか？」

「だ、だいじょうぶっ。ちょっと休《やす》めば平気《へいき》だから」

じゃあ伊織《いおり》くんは、わざわざ私《わたし》を心配《しんぱい》してさがしにきてくれたってこと？

なにそれ。やさしすぎるよ……。

「ちょっと待《ま》ってて」

伊織《いおり》くんはそうつぶやくと、そのまま近《ちか》くの自販機《じはんき》へと走《はし》っていく。

そして、ペットボトルのお茶《ちゃ》を一本《いっぽん》買《か》うと、私《わたし》に手渡《てわた》してくれた。

「はい」

「えっ、ありがとう。いいの？」

「うん。無理《むり》しなくていいから、ゆっくり休《やす》めよ」

やさしい声《こえ》で言《い》われて、胸《むね》がトクンと高鳴《たかな》る。

あぁ。伊織《いおり》くんのこういうところ、好《す》きだなぁ。

なんだかんだ私《わたし》が困《こま》ってたら、助《たす》けてくれるんだもん。

やっぱりちゃんと伝《つた》えたいよ。自分《じぶん》の気持《きも》ち。

たとえそれが、叶《かな》わない恋《こい》だとしても――。

「伊織《いおり》くん、あのねっ」

「ん？」

「今日《きょう》大事《だいじ》な話《はなし》があるから、遊園地《ゆうえんち》を出《で》る前《まえ》に少《すこ》しだけ時間《じかん》つくってもらえないかな？」

ドキドキしながら切《き》り出《だ》したら、伊織《いおり》くんは驚《おどろ》いた顔《かお》でたずねてきた。

「いいけど……それって今《いま》ここでは言《い》えないような話《はなし》？」

「う、うん。あとでゆっくり話《はな》したいんだ」

そう言《い》うと、コクリとうなずく伊織《いおり》くん。

「わかった」

私《わたし》はホッとすると同時《どうじ》に、いつのまにかギクシャクしたふんいきがなくなっていたことにうれしくなった。

12 思《おも》い出《で》がいっぱい

しばらくベンチで休《やす》んですっかり元気《げんき》になった私《わたし》は、またみんなと合流《ごうりゅう》して次《つぎ》のアトラクションへと向《む》かった。

やってきたのは、ゴーストやモンスターがいっぱい出《で》てくるというホラーハウス。

古《ふる》い洋館風《ようかんふう》のその建物《たてもの》は、見《み》るからにおどろおどろしいふんいきをかもし出《だ》している。

「なんかゾンビとかフランケンとか出《で》てきそうなふんいきだな〜。伊織《いおり》、前《まえ》みたいに泣《な》くなよ？」

飛鳥《あすか》くんがからかうように言《い》ったら、伊織《いおり》くんは苦笑《にがわら》いしながら言《い》い返《かえ》した。

「あのなぁ、泣《な》くわけねーだろ。いつの話《はなし》だよ」

それを聞《き》いて思《おも》い出《だ》す。

そういえばハロウィンのときに言《い》ってたけど、伊織《いおり》くんは子供《こども》のころこわいものが苦手《にがて》で泣《な》き虫《むし》だったんだっけ。

すると、玲《れ》央《お》先輩《せんぱい》が私《わたし》の頭《あたま》にポンと手《て》をのせてきて。

「イチゴちゃん、だいじょうぶ？　俺《おれ》がいっしょにまわってあげよっか？」

「えっ！　えーっと……」

そしたらすかさず飛鳥《あすか》くんが、玲《れ》央《お》先輩《せんぱい》の肩《かた》にサッと腕《うで》をまわして言《い》った。

「こらこら～。お前《まえ》の相棒《あいぼう》は俺《おれ》だろ？」

それを聞《き》いて、不思議《ふしぎ》そうな顔《かお》をする玲《れ》央《お》先輩《せんぱい》。

「なんだよお前《まえ》、急《きゅう》に。そんなに俺《おれ》のこと好《す》きだったっけ？」

「ん？　まぁね」

なんだかんだ仲良《なかよ》しなふたりのやりとりがほほえましくて、思《おも》わず笑《わら》っちゃう。

すると、伊織《いおり》くんがさりげなく。

「仁奈《にな》は、俺《おれ》と海斗《かいと》といっしょにくれば？」

なんて言《い》ってくれたので、私《わたし》は迷《まよ》わずうなずいた。

「うんっ」

うれしい。伊織《いおり》くんからさそってくれた……！

「よし、じゃあ入《はい》ろう！」

先頭《せんとう》に立《た》つ桃愛《もあ》ちゃんと春馬《はるま》くんに続《つづ》いて、私《わたし》たちもホラーハウスの中《なか》へ入《はい》る。

すると中《なか》は薄暗《うすぐら》くて、ところどころにコウモリが飛《と》んでいたり、十字架《じゅうじか》が立《た》っていたり。

やっぱり不気味《ぶきみ》なふんいきだったので、ちょっとドキドキしてきてしまった。

最初《さいしょ》の扉《とびら》をくぐり抜《ぬ》けると、さっそく血《ち》まみれのゾンビが一体《いったい》飛《と》び出《だ》してくる。

「きゃあああっ！」

こわくて思《おも》わず叫《さけ》んでしまった私《わたし》。

だけど、続《つづ》けてうしろから。

「ぎゃあああぁあっ！　出《で》たっ！　ゾンビ！」

マリカちゃんがもっと大声《おおごえ》で叫《さけ》んだので、振《ふ》り返《かえ》ったら大黒《おおぐろ》くんがマリカちゃんの手《て》をギュッと握《にぎ》る姿《すがた》が見《み》えた。

「だいじょうぶっ！　マリカちゃんのことは俺《おれ》が守《まも》るから。いっしょに出口《でぐち》までいこう！」

「む、無理《むり》っ！　こわくて歩《ある》けない～っ」

だけどマリカちゃんはこわさのあまり、足《あし》がすくんでしまったみたいで。

それを見《み》た大黒《おおぐろ》くんは手《て》をパッと離《はな》すと、とっさにしゃがんでマリカちゃんに声《こえ》をかけた。

「じゃあ俺《おれ》が連《つ》れていってあげるよっ。乗《の》って！」

「えっ。でも……」

「だいじょうぶ。俺《おれ》にまかせて！」

そう言《い》われてマリカちゃんがおそるおそる大黒《おおぐろ》くんの背中《せなか》に寄《よ》りかかると、サッとマリカちゃんの足《あし》に手《て》をのばし、背中《せなか》に担《かつ》ぐ大黒《おおぐろ》くん。

「いくぞーっ！」

そのままマリカちゃんをおんぶして駆《か》け抜《ぬ》けていく彼《かれ》を見《み》たら、思《おも》わず感心《かんしん》してしまった。

「すごいっ。さすが大黒《おおぐろ》くんだね」

私《わたし》がつぶやくと、海斗《かいと》くんがニヤニヤしながら。

「いや〜あのふたり、マジでそろそろくっつくんじゃねーの？　俺《おれ》、ちょっと見《み》てこよーっと」

そう言《い》って、スタスタと追《お》いかけるようにひとり先《さき》へいってしまって。

「えっ、海斗《かいと》くん!?」

気《き》づけばその場《ば》に伊織《いおり》くんとふたりになったので、なんだかまたドキドキしてきた。

も、もしかして海斗《かいと》くん、またわざとふたりきりにした!?

なんて思《おも》ってたら。

「仁奈《にな》もこわいの苦手《にがて》?」

となりにいた伊織《いおり》くんがたずねてくる。

「う、うん。血《ち》とかはちょっと……」

思《おも》わずうなずいたら、伊織《いおり》くんはなにを思《おも》ったのか、さりげなく左手《ひだりて》を差《さ》し出《だ》してきた。

そして、ちょっと照《て》れくさそうな表情《ひょうじょう》で。

「じゃあ、手握《てにぎ》ってるから。出口《でぐち》までいっしょにいくぞ」

「えっ?」

そのままギュッと手《て》をつながれて、ドキンと心臓《しんぞう》がはねる。

ど、どうしようっ。伊織《いおり》くんの手《て》が！

こんなことされたら、やっぱりときめいちゃうよ……。

こわさよりも、伊織《いおり》くんと手《て》をつないでいることのほうにドキドキしてしまう。

暗闇《くらやみ》の中《なか》で、いつまでもこの手《て》を離《はな》したくないなんて思《おも》っている自分《じぶん》がいた。


ホラーハウスのあともいくつかアトラクションに乗《の》った私《わたし》たちは、パーク内《ない》のフードコートで遅《おそ》めのお昼《ひる》ごはんを食《た》べることにした。

「うおぉっ、うまそう！　いっただっきまーす！」

大黒《おおぐろ》くんが待《ま》ってましたとばかりに手《て》をあわせ、カツカレーを食《た》べはじめる。

それを見《み》た海斗《かいと》くんが、くすっと笑《わら》って。

「あいかわらずいい食《た》べっぷりだな～。思《おも》い出《だ》すね、ミスターコン」

そう言《い》われると、なんだかなつかしくなっちゃう。

大黒《おおぐろ》くんが学校《がっこう》のミスターコンに出《で》て、みんなでいっしょに応援《おうえん》したとき。楽《たの》しかったなぁ。

「ふふ。大黒《おおぐろ》くんの食《た》べてる写真《しゃしん》、SNS《エスエヌエス》で大人気《だいにんき》だったもんね」

私《わたし》が言《い》うと、マリカちゃんも笑《わら》ってうなずく。

「そういえば、そんなこともあったわね」

向《む》かいに座《すわ》る飛鳥《あすか》くんと玲央《れお》先輩《せんぱい》も、しみじみとした表情《ひょうじょう》で。

「もう今年《ことし》も終《お》わりだもんなー。はぇえなぁ」

「いろいろあったけど、楽《たの》しかったよな〜」

そんなとき、ふと春馬《はるま》くんがポケットからスマホを出《だ》して声《こえ》をかけてきた。

「そういえば、さっき撮《と》った写真《しゃしん》見《み》る？」

「えっ、見《み》たい！」

「見《み》たいです！」

桃愛《もあ》ちゃんと私《わたし》が食《く》いつくように答《こた》えたら、春馬《はるま》くんは画面《がめん》をこちらに見《み》せてくる。

そこにはさっきツリーの前《まえ》で撮《と》った記念写真《きねんしゃしん》が写《うつ》っていて。

「わぁっ！」

みんなのキラキラした笑顔《えがお》を見《み》たら、思《おも》わず胸《むね》がギュッとしめつけられた。

素敵《すてき》な写真《しゃしん》だなぁ。

なんか涙《なみだ》が出《で》てきちゃいそうだよ。

「みんなに送《おく》るよ。なんならこのメンバーでグループつくろうか？」

春馬《はるま》くんがそう言《い》うと、さっそくその場《ば》にいるメンバー全員《ぜんいん》のグループをつくってくれて。

そこに写真《しゃしん》を送《おく》ってくれたので、私《わたし》はすぐに保存《ほぞん》した。

すると海斗《かいと》くんが急《きゅう》に、感極《かんきわ》まったような顔《かお》で伊織《いおり》くんの肩《かた》をたたく。

「伊織《いおり》〜、さみしくなったらこの写真《しゃしん》見《み》て俺《おれ》らのこと思《おも》い出《だ》すんだぞっ」

「バカ。なんでお前《まえ》が泣《な》きそうになってんだよ」

伊織《いおり》くんが笑《わら》って言《い》うと、海斗《かいと》くんは私《わたし》に向《む》かってたずねてくる。

「だってさみしいよなぁ？　鈴森《すずもり》さん」

「うん……」

さみしい。すごくさみしいよ。

伊織《いおり》くんと離《はな》れるのも、みんなとお別《わか》れするのも……。

「俺《おれ》もめちゃくちゃさみしい！」

「やだ。なんか私《わたし》も泣《な》きそうなんだけど～！」

大黒《おおぐろ》くんとマリカちゃんも、しみじみした顔《かお》で言《い》う。

そしたら飛鳥《あすか》くんがみんなに向《む》かって。

「よしっ。また伊織《いおり》が戻《もど》ってきたら、このメンバーでどこかいこうぜ！」

「いいね！　賛成《さんせい》！」

「いきたーい！」

「そうだな」

みんなに続《つづ》いて伊織《いおり》くんもうなずいたので、私《わたし》も内心《ないしん》切《せつ》ない気持《きも》ちになりながら笑顔《えがお》でうなずいた。

あぁ、みんなと出会《であ》えて仲良《なかよ》くなれて、本当《ほんとう》によかったな。

楽《たの》しい思《おも》い出《で》がいっぱいだよ。

だけどそれも、今日《きょう》で終《お》わりだなんて。

もっとたくさんいっしょにいたかったなぁ……。

そのあともアトラクションに乗《の》ったりおみやげショップを見《み》たりしていたら、あっというまに日《ひ》が暮《く》れてきた。

あたりにチラホラシートを敷《し》いて座《すわ》る人《ひと》たちがいるのを見《み》て、桃愛《もあ》ちゃんが声《こえ》をあげる。

「わーっ。もうパレードの場所《ばしょ》とりがはじまってる！」

「えっ。もうそんな時間《じかん》!?」

ちなみにパレードは、19時半《じはん》からはじまるみたい。

伊織《いおり》くんは飛行機《ひこうき》の時間《じかん》があるから、その前《まえ》に先《さき》に帰《かえ》っちゃうんだけど……。

「今《いま》、18時半《じはん》だって」

私《わたし》がスマホで時間《じかん》を確認《かくにん》すると、海斗《かいと》くんがさみしそうに顔《かお》をゆがめた。

「やべー、そろそろ伊織《いおり》の見送《みおく》りの時間《じかん》じゃん！」

「そっか。伊織《いおり》は19時《じ》ごろまでしかいられないんだもんなぁ」

春馬《はるま》くんもしみじみした顔《かお》で言《い》う。

すると、とつぜん桃愛《もあ》ちゃんが私《わたし》の手《て》をギュッと握《にぎ》ってきて。

「ちょっと私《わたし》、メイク直《なお》しでお手洗《てあら》いにいってくる！　仁奈《にな》ちゃんも、いこうっ」

「あ、うん！」

桃愛《もあ》ちゃんに手《て》を引《ひ》かれ、いっしょにトイレへと向《む》かった私《わたし》。

すると桃愛《もあ》ちゃんは、トイレの洗面台《せんめんだい》の前《まえ》で立《た》ち止《ど》まると、私《わたし》に向《む》かって言《い》った。

「いよいよだねっ、仁奈《にな》ちゃん」

そう言《い》われてドキッと心臓《しんぞう》がはねる。

あぁ、そうだ。

これからみんなで伊織《いおり》くんの見送《みおく》りをして、私《わたし》はついに伊織《いおり》くんに告白《こくはく》するんだ。

どうしよう。なんかいっきに緊張《きんちょう》してきちゃったよ〜っ！

「このあとみんなでプレゼントを渡《わた》すから、仁奈《にな》ちゃんの番《ばん》になったらさりげなくみんなを連《つ》れて退散《たいさん》して、ふたりきりにするねっ。海斗《かいと》くんもきっと協力《きょうりょく》してくれると思《おも》うし、だいじょうぶ！」

「う、うん。がんばるよっ」

じつは桃愛《もあ》ちゃんに今日《きょう》のことを相談《そうだん》したら、告白《こくはく》に協力《きょうりょく》してくれることになったの。

だいじょうぶかな、私《わたし》。ちゃんと言《い》えるかな……。

「えっと、今《いま》のうちに前髪直《まえがみなお》しておこうかなっ」

そわそわする気持《きも》ちを落《お》ち着《つ》かせるかのように、カバンからクシをとり出《だ》して前髪《まえがみ》を整《ととの》える私《わたし》。

そしたら桃愛《もあ》ちゃんもならんで鏡《かがみ》に向《む》かって。

「私《わたし》もリップ塗《ぬ》りなおそうっと。春馬《はるま》くんにもプレゼント渡《わた》さなきゃだし」

「そっか。桃愛《もあ》ちゃんもがんばってね！」

「ありがとう。仁奈《にな》ちゃんこそファイトだよ！」

その言葉《ことば》にちょっとだけ勇気《ゆうき》づけられる。

「うん。ありがとうっ」

すると、先《さき》にリップをカバンにしまった桃愛《もあ》ちゃんが。

「それじゃ私《わたし》、先《さき》に戻《もど》ってるから！」

そう言《い》ってトイレから出《で》ていったので、私《わたし》は鏡《かがみ》に映《うつ》った自分《じぶん》を見《み》つめながらスーハーと深呼吸《しんこきゅう》をした。

だいじょうぶ。だいじょうぶ。

後悔《こうかい》しないように、最後《さいご》にちゃんと自分《じぶん》の気持《きも》ち伝《つた》えるんだ――。

「……よしっ」

決心《けっしん》したようにトイレを出《で》ると、みんなのもとへ歩《ある》き出《だ》す私《わたし》。

「うわーん！　ママ～っ」

そんなとき、とつぜんどこからか子供《こども》の泣《な》き声《ごえ》が聞《き》こえてきて。

ハッとして声《こえ》がするほうに目《め》をやったら、小《ちい》さな男《おとこ》の子《こ》が泣《な》いているのを発見《はっけん》した。

しかも、近《ちか》くにお母《かあ》さんらしき人《ひと》は見当《みあ》たらなくて、ひとりみたい。

あわててその子《こ》のもとへと駆《か》け寄《よ》る。

「どうしたの!?　お母《かあ》さんはどこ？」

私《わたし》がたずねたら、男《おとこ》の子《こ》はメソメソ泣《な》きながら。

「うっ。うっ……ママがいなくなっちゃったよ～っ」

「ええっ!?」

じゃあ、迷子《まいご》になっちゃったってこと？

それは大変《たいへん》……！

私《わたし》はとっさに男《おとこ》の子《こ》の手《て》をとると、しゃがんで声《こえ》をかけた。

「だいじょうぶっ。お姉《ねえ》ちゃんがいっしょにさがしてあげるから！」

13 間《ま》にあわない!?

「ママとはどこではぐれたの？」

男《おとこ》の子《こ》の手《て》を引《ひ》きながらたずねる私《わたし》。

「トイレ。トイレから出《で》たら、ママがいなかったの」

「そっかぁ。ママはどんな格好《かっこう》してるかな？」

「えっと……髪《かみ》はこのくらいで、青《あお》いセーターを着《き》てて、黒《くろ》のリュックを持《も》ってるよ」

それを聞《き》いて、さっそくあたりをきょろきょろ見《み》まわしてみる。

とにかくすぐにお母《かあ》さんを見《み》つけて戻《もど》れば、だいじょうぶだよね。

だって、この子《こ》をひとりで放《ほう》っておくわけにはいかないもん。

内心《ないしん》みんなのことが気《き》になりながらも、早歩《はやある》きでさがしまわる私《わたし》。

うーん、青《あお》いセーターに黒《くろ》のリュックの女《おんな》の人《ひと》かぁ。

人《ひと》が多《おお》すぎて、なかなか見《み》つけるのは大変《たいへん》そうだな……。

なんて思《おも》ってたら。

「あれ、ママだ！」

男《おとこ》の子《こ》がとつぜん、近《ちか》くを歩《ある》いていた青《あお》いセーターの女《おんな》の人《ひと》を指《ゆび》さした。

「え、ほんと!?」

「ママー！」

いそいで男《おとこ》の子《こ》といっしょにその人《ひと》のもとへと駆《か》け寄《よ》る。

だけど、顔《かお》を確認《かくにん》したとたん。

「あれ？　ママじゃないっ……」

どうやら人《ひと》ちがいだったようで、男《おとこ》の子《こ》はとたんにがっかりした顔《かお》になった。

男《おとこ》の子《こ》の肩《かた》をポンとたたいて、はげます私《わたし》。

「そっか、似《に》てるからまちがえちゃったんだね。つぎはあっちをさがしてみよっか」

だけど男《おとこ》の子《こ》は、立《た》ち止《ど》まったままブルブルと体《からだ》をふるわせると。

「うぅっ、寒《さむ》いよ……」

それを聞《き》いて男《おとこ》の子《こ》の両《りょう》ほほに手《て》を当《あ》てたら、すごく冷《つめ》たくなっていたのでびっくりした。

「ご、ごめんねっ。寒《さむ》いよね」

「うわーん！　ママはどこにいるのー？」

またしても泣《な》き出《だ》してしまった男《おとこ》の子《こ》を見《み》て、あわてる私《わたし》。

どうしよう。このままじゃこの子《こ》が風邪《かぜ》を引《ひ》いちゃうよ！

なにか、体《からだ》を温《あたた》められるようなもの……そうだっ。

私《わたし》はとっさに自分《じぶん》が巻《ま》いていたマフラーをとりはずすと、男《おとこ》の子《こ》の首《くび》に巻《ま》いてあげた。

「ほら、これをつけてたらあったかいよ」

その瞬間《しゅんかん》、男《おとこ》の子《こ》は急《きゅう》に泣《な》き止《や》んで。

「……わぁ、あったかい。いいの？」

「うん。あげる」

私《わたし》がうなずいたら、ようやく笑顔《えがお》になる男《おとこ》の子《こ》。

「やったぁ。ありがとう！」

「よし、お姉《ねえ》ちゃんともう一回《いっかい》さがしてみよう！」

気《き》をとりなおして再《ふたた》び歩《ある》き出《だ》す私《わたし》たち。

ふと、みんなの顔《かお》が頭《あたま》をよぎってあせりが増《ま》してくる。

そういえば、今何時《いまなんじ》だろう？

みんなもう、プレゼントを渡《わた》してるころかな？

私《わたし》のことを待《ま》ってたりして……いやいやっ。

でも今《いま》は、この子《こ》のお母《かあ》さんを先《さき》に見《み》つけなきゃ！

すると、先《さき》ほど男《おとこ》の子《こ》がいたトイレの近《ちか》くで、きょろきょろしながら呼《よ》びかけている青《あお》いセーターの女《おんな》の人《ひと》を発見《はっけん》して。

「優斗《ゆうと》！　優斗《ゆうと》ー！」

見《み》た瞬間《しゅんかん》、男《おとこ》の子《こ》がパァッと目《め》を輝《かがや》かせる。

「あ、ママだぁっ！」

それからうれしそうに叫《さけ》ぶと、一目散《いちもくさん》にお母《かあ》さんのもとへと駆《か》け寄《よ》っていった。

「ママー！」

「優斗《ゆうと》!!」

それを見《み》て、私《わたし》も思《おも》わずホッとする。

よかったぁ！　無事《ぶじ》にお母《かあ》さんが見《み》つかって。

お母《かあ》さんもすかさず男《おとこ》の子《こ》をギュッと抱《だ》きしめると、ホッとしたようにつぶやく。

「あぁ、よかった……！　もう、心配《しんぱい》したんだからっ」

「だって、ママが急《きゅう》にいなくなるんだもん」

「ごめんね、見失《みうしな》っちゃって。あら、そのマフラーはどうしたの？」

すると、マフラーを見《み》たお母《かあ》さんが男《おとこ》の子《こ》にたずねる。

そしたら男《おとこ》の子《こ》はニコッと笑《わら》ってマフラーに手《て》をやると。

「さっきこのお姉《ねえ》ちゃんにもらったんだ！　お姉《ねえ》ちゃんがママをいっしょにさがしてくれたの」

「ふふ、よかったね。見《み》つかって」

私《わたし》が横《よこ》から声《こえ》をかけたら、男《おとこ》の子《こ》のお母《かあ》さんがぺこりと頭《あたま》を下《さ》げてきた。

「まぁ、ありがとうございますっ。でもいいんですか？　このマフラー」

「はいっ。私《わたし》は全然《ぜんぜん》寒《さむ》くないので、よかったら使《つか》ってください」

笑顔《えがお》で答《こた》えると、男《おとこ》の子《こ》もまた私《わたし》に向《む》かって満面《まんめん》の笑《え》みで言《い》う。

「お姉《ねえ》ちゃん、ありがとう！　そうだっ。お礼《れい》にこれあげる」

「えっ？」

そして、ポケットから小《ちい》さな棒《ぼう》つきキャンディをとり出《だ》すと、私《わたし》にくれて。

「ふふ。ありがとう」

そのうれしそうな顔《かお》を見《み》たら、なんだかとてもあったかい気《き》持《も》ちになった。

ようやく迷子《まいご》の子《こ》を助《たす》けることができて、安心《あんしん》したのもつかの間《ま》。

時間《じかん》を確認《かくにん》しようとスマホを開《ひら》いたら、桃愛《もあ》ちゃんたちからの着信《ちゃくしん》が何件《なんけん》もきていた。

「わっ、どうしよう！」

やっぱりみんな心配《しんぱい》してくれてたんだ！　早《はや》く戻《もど》らなきゃっ。

というか、そろそろ伊織《いおり》くんの見送《みおく》りの時間《じかん》じゃない!?　間《ま》にあうかな……。

必死《ひっし》で人混《ひとご》みをかき分《わ》けながら走《はし》って、さっきみんなと別《わか》れた場所《ばしょ》へと戻《もど》る。

そしたら桃愛《もあ》ちゃんが手《て》を振《ふ》りながら呼《よ》びかける姿《すがた》が見《み》えて。

「もう仁奈《にな》ちゃん、おそいってば〜！」

「ご、ごめん！　ちょっと迷子《まいご》の子《こ》を見《み》つけちゃって……。あの、伊織《いおり》くんは？」

そこで私《わたし》がたずねたら、桃愛《もあ》ちゃんは困《こま》った顔《かお》で答《こた》えた。

「それが、ついさっきいっちゃったの。そろそろパークを出《で》ないと飛行機《ひこうき》に間《ま》にあわないからって。ギリギリまで待《ま》ってたんだけど……」

「ウソッ！」

そんなっ……。

じゃあ間《ま》にあわなかったってこと!?

ショックで思《おも》わず固《かた》まっていたら、マリカちゃんがギュッと腕《うで》をつかんできた。

「ちょっと、落《お》ちこんでる場合《ばあい》じゃないでしょっ。追《お》いかけなくていいの？」

「えっ」

「鈴森《すずもり》さんも、ちゃんとお別《わか》れ言《い》ってきなさいよ」

思《おも》いがけないマリカちゃんの言葉《ことば》に、ハッとして目《め》を見《み》ひらく私《わたし》。

そしたら横《よこ》から玲央先輩《れおせんぱい》も。

「そうだよイチゴちゃん。俺《おれ》たちのことは気《き》にしなくていいから」

「うん。伊織《いおり》だって、最後《さいご》に鈴森《すずもり》さんと話《はな》したいはずだぜ」

海斗《かいと》くんまで……。

すると、とっさに春馬《はるま》くんがスマホをとり出《だ》して電話《でんわ》をかけはじめた。

「俺《おれ》、伊織《いおり》に連絡《れんらく》してみるよ。もう少《すこ》しだけ待《ま》てないかって」

「よし、とにかく追《お》いかけようぜ！　仁奈《にな》おいで」

飛鳥《あすか》くんもそう言《い》って私《わたし》を手まねきすると、走《はし》り出《だ》す。

「うんっ」

私《わたし》は思《おも》いがけないみんなの協力《きょうりょく》にジーンとしながらも、いっしょに走《はし》り出《だ》した。

伊織《いおり》くんが向《む》かった入口方面《いりぐちほうめん》へ向《む》かって、飛鳥《あすか》くんといっしょに必死《ひっし》で走《はし》る。

だけど、パレードの時間《じかん》が近《ちか》づいているせいか、人《ひと》が密集《みっしゅう》していてなかなか先《さき》に進《すす》めなくて。

どうしよう。間《ま》にあうのかな？

どんどんあせりだけが増《ま》していく。

「うわ、すげー人《ひと》だな。仁奈《にな》だいじょうぶ？」

「だ、だいじょうぶですっ」

「危《あぶ》ないから、俺《おれ》の手《て》離《はな》すなよ」

飛鳥《あすか》くんはそう言《い》うと、はぐれないよう私《わたし》の手《て》をぎゅっと握《にぎ》ってくれる。

そして、なんとか人混《ひとご》みから抜《ぬ》け出《だ》したと思《おも》ったら、私《わたし》のスマホに電話《でんわ》がかかってきたことに気《き》がついた。

「あ、春馬《はるま》くんから電話《でんわ》だ！」

いそいでスピーカーにして出《で》ると、春馬《はるま》くんの話《はな》し声《ごえ》がする。

『もしもし、仁奈《にな》ちゃん。今《いま》伊織《いおり》に電話《でんわ》して、入口付近《いりぐちふきん》の大《おお》きなツリーの前《まえ》で待《ま》ってるよう伝《つた》えたから。10分《ぷん》くらいなら待《ま》てるって！』

「わ、わかった！　ありがとうっ」

なんと春馬《はるま》くんが、伊織《いおり》くんのことを足止《あしど》めしておいてくれたみたい。

よかったぁ。

『ちなみに今《いま》、どこにいる？』

春馬《はるま》くんに聞《き》かれて、横《よこ》から飛鳥《あすか》くんが答《こた》える。

「えっと、マジカルコースターの前《まえ》あたり！」

『それならメルヘンストリートを通《とお》ったほうが近道《ちかみち》かも。キャンディショップの横《よこ》の道《みち》を抜《ぬ》けてまっすぐいけば、ツリーのある通《とお》りまで出《で》られるよ！』

すると春馬《はるま》くんがツリーまでの最短《さいたん》ルートを教《おし》えてくれたので、言《い》われたとおり私《わたし》と飛鳥《あすか》くんは、メルヘンストリートのエリアへと入《はい》っていった。

キャンディショップの横《よこ》の細《ほそ》い通《とお》りを抜《ぬ》けて、まっすぐ走《はし》る。

「あった！　ツリーだ！」

そしたら本当《ほんとう》にすぐにツリーまでたどりつくことができて。

「よっしゃ、ナイスハル兄《にい》！　じゃあ、ここからは仁奈《にな》ひとりでがんばれよ」

「えっ！」

ドキッとして振《ふ》り向《む》くと、飛鳥《あすか》くんがポンと私《わたし》の頭《あたま》に手《て》をのせてくる。

「伊織《いおり》に伝《つた》えたいこと、あるんだろ？」

その言葉《ことば》に、私《わたし》は笑顔《えがお》で大《おお》きくうなずいた。

「うんっ。ありがとう」

14 ツリーの下《した》で

飛鳥《あすか》くんと別《わか》れて、いそいでツリーの前《まえ》まで走《はし》ってきた私《わたし》。

ライトアップされたツリーは昼間《ひるま》より一段《いちだん》とキラキラ輝《かがや》いていて、本当《ほんとう》にキレイだった。

だけどそこに、伊織《いおり》くんの姿《すがた》は見当《みあ》たらなくて。

あれ、いない……。なんで？

たしか春馬《はるま》くんは、ここで待《ま》っててくれるって言《い》ってたよね？

ツリーの周《まわ》りをぐるぐるまわってさがしたけれど、どこにも姿《すがた》が見当《みあ》たらない。

もしかして、もう時間《じかん》をすぎちゃった？

あわてて確認《かくにん》しようとスマホをとり出《だ》したら、なんと画面《がめん》が真《ま》っ暗《くら》になっていた。

「ウソッ！　電池《でんち》が切《き》れてる！」

じゃあもう、連絡《れんらく》もとれないってこと？

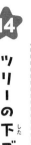

どうしようっ。せっかくみんなが協力《きょうりょく》してくれたのに……。

「そんなっ。伊織《いおり》くん……」

思《おも》わずその場《ば》にへなへなとしゃがみこんでしまった私《わたし》。

バカだな。なにやってるんだろう。

まさかお別《わか》れも言《い》えずにサヨナラしちゃうなんて。

こんなことならさっき、ベンチで伝《つた》えておけばよかった……。

思《おも》わず後悔《こうかい》して泣《な》きそうになっていたら、そのときうしろから声《こえ》がした。

「――仁奈《にな》！」

えっ？

聞《き》きおぼえのある声《こえ》に、あわてて振《ふ》り返《かえ》る私《わたし》。

すると、そこにはまさかの伊織《いおり》くんの姿《すがた》があって。

「い、伊織《いおり》くん!?」

「さっきハル兄《にい》から電話《でんわ》があって、仁奈《にな》がくるから待《ま》ってろって。……やっと見《み》つけた」

そう言《い》われて、伊織《いおり》くんも私《わたし》をさがしてくれていたんだとわかって泣《な》きそうになった。

じゃあただ、見《み》つけられなくてすれちがってただけだったのかな。

「よかったぁ……」

ホッとしてその場《ば》で立《た》ちあがる私《わたし》。

「ごめんね、引《ひ》きとめて。伊織《いおり》くんにどうしても伝《つた》えたいことがあって」

「うん。なに？」

伊織《いおり》くんがやさしい声《こえ》で問《と》いかけてくる。

言葉《ことば》にしようとしたら、思《おも》わず涙《なみだ》がこみあげてきた。

でも、ちゃんと言《い》わなくちゃっ。

「私《わたし》ね、もう七瀬《ななせ》家《け》にはいられないの」

「えっ!?」

おそるおそる口《くち》にすると、伊織《いおり》くんがぎょっとしたように目《め》を丸《まる》くする。

「な、なんだよそれ。どういうこと？」

「じつはパパの帰国《きこく》が早《はや》まって、この冬休《ふゆやす》み中《ちゅう》に向《む》こうの家《いえ》に戻《もど》ることになっちゃったんだ。言《い》うのがギリギリになってごめんね」

「待《ま》って。じゃあ、俺《おれ》がイギリスいってる間《あいだ》に引《ひ》っ越《こ》すってこと？」

「そう」

「マジ、かよ……」

伊《い》織《おり》くんはそう言《い》うと、口《くち》を押《お》さえて黙《だま》りこむ。

ただでさえビックリさせちゃったみたいで、切《き》り出《だ》しづらいけれど。

それでも今度《こんど》こそ伝《つた》えなきゃと思《おも》って、私《わたし》はふるえる声《こえ》で続《つづ》けた。

「だから、最後《さいご》にどうしても伝《つた》えたくて。あのね、わ、私《わたし》っ……」

伊《い》織《おり》くんの目《め》をまっすぐ見《み》つめる。

「伊《い》織《おり》くんのことが好《す》きなの!!」

口《くち》に出《だ》した瞬間《しゅんかん》、また涙《なみだ》がとめどなくあふれてきて、止《と》まらなくなってしまった。

どうしよう。言《い》っちゃった……。

だけど、後悔《こうかい》だけはしたくないから。

私《わたし》の気持《きも》ち、全部《ぜんぶ》伊織《いおり》くんに伝《つた》えるって決《き》めたんだ。

「ごめんね。好《す》きになるなって言《い》われてたのに。伊織《いおり》くんは私《わたし》のことなんてなんとも思《おも》ってないってわかってるけど、でもっ……。好《す》きになっちゃったの。伊織《いおり》くんと出会《であ》えて、本当《ほんとう》によかった。ありがとう」

ボロボロと泣《な》きながら伝《つた》えたら、伊織《いおり》くんはますます驚《おどろ》いたように目《め》を見《み》ひらいて固《かた》まっていた。

そうだよね、びっくりしたよね。

急《きゅう》に好《す》きだなんて言《い》われて、迷惑《めいわく》だったかもしれない。

だけど、それでもいいの。

ちゃんと伝《つた》えることに意味《いみ》があるんだと思《おも》うから——。

「だからっ、私《わたし》のこと忘《わす》れないで……っ」

嗚咽《おえつ》まじりの声《こえ》でつぶやいたそのとき、伊織《いおり》くんがとつぜん私《わたし》の腕《うで》をギュッとつかんだ。

そして、そのままグイッと私《わたし》の体《からだ》を引《ひ》き寄《よ》せたかと思《おも》えば、伊織《いおり》くんの顔《かお》が近《ちか》づいてきて——。

「……っ」

え、待《ま》って……。なにが起《お》こったの？

いっきに鼓動《こどう》が加速《かそく》して、全身《ぜんしん》が熱《あつ》くなったのがわかった。

な、なんで……？

伊織《いおり》くんはそっと顔《かお》を離《はな》すと、私《わたし》を見《み》つめながら言《い》う。

「バカ。最後《さいご》みたいなこと言《い》うなよ」

「えっ？」

「俺《おれ》だって、同《おな》じ気持《きも》ちだから」

そう言《い》われた瞬間《しゅんかん》、びっくりして言葉《ことば》を失《うしな》ってしまった。

ウソ、でしょ……。

じゃあ伊織《いおり》くんも、私《わたし》のことを？

信《しん》じられないよっ。

「で、でも伊織《いおり》くんこの前《まえ》、私《わたし》のことは好《す》きじゃないって……。サッカー部《ぶ》の人《ひと》たちの前《まえ》で言《い》ってたよね？」

思《おも》わずたずねたら、伊織《いおり》くんがまた驚《おどろ》いた顔《かお》をする。

「……なっ。その話《はなし》聞《き》いてたのかよ」

「ごめん。偶然《ぐうぜん》聞《き》いちゃって」

「あれは、同居《どうきょ》のことがバレたら仁奈《にな》にも迷惑《めいわく》かかると思《おも》って否定《ひてい》しただけで、本心《ほんしん》じゃねーから」

そうだったんだ。

「でも伊織《いおり》くん、私《わたし》との同居《どうきょ》がはじまったばかりのころ、『俺《おれ》のこと、絶対《ぜったい》好《す》きになるなよ』って……」

続《つづ》けて私《わたし》がずっとひっかかっていたことを口《くち》にしたら、伊織《いおり》くんは一瞬《いっしゅん》バツが悪《わる》そうな顔《かお》をして、それから自分《じぶん》のほおをかいた。

「あぁ。あのときはマジで恋愛《れんあい》とかする気《き》なかったから。でも、仁奈《にな》に出会《であ》って気持《きも》ちが変《か》わったんだよ」

「えっ……」

私《わたし》に出会《であ》って？

「気《き》づいたら、仁奈《にな》のことが誰《だれ》よりも特別《とくべつ》になってた。ほかのやつにとられたくないって思《おも》ってたし」

伊織《いおり》くんはそう言《い》うと、少《すこ》し照《て》れくさそうに私《わたし》をじっと見《み》つめてくる。

そして、片手《かたて》でそっと私《わたし》のほおに触《ふ》れると。

「俺《おれ》も、仁奈《にな》が好《す》きだよ」

ハッキリ言《い》われた瞬間《しゅんかん》、また涙《なみだ》があふれ出《だ》してきた。

ねえ、夢《ゆめ》みたい。

だってまさか、伊織《いおり》くんと両想《りょうおも》いになれるなんて――。

「わ、私《わたし》も大好《だいす》きっ……！」

思《おも》わずギュッと伊織《いおり》くんに抱《だ》きつく私《わたし》。

どうしよう。こんなにうれしいことってあるのかな？

幸《しあわ》せすぎてどうにかなっちゃいそうだよ……。

だけど、ふと気《き》がつく。

せっかく思《おも》いが通《つう》じたところなのに、あと少《すこ》ししかいっしょにいられないんだ。

「私《わたし》たち、もう会《あ》えなくなっちゃうのかな……」

私《わたし》が不安《ふあん》そうな声《こえ》でつぶやいたら、伊織《いおり》くんもギュッと強《つよ》く抱《だ》きしめ返《かえ》してくれた。

「だいじょうぶ。離《はな》れても俺《おれ》の気持《きも》ちは変《か》わんねーから。それに、ちゃんと会《あ》いにいくし」

「でも伊織《いおり》くん、なかなか帰《かえ》ってこられないでしょ？　イギリスなんて遠《とお》いし」

私《わたし》も遠《とお》くにいっちゃうから、次《つぎ》いつ会《あ》えるのかもわからないよね。

なんて思《おも》ってたら。

「いやべつに、俺《おれ》はすぐ帰《かえ》ってくるよ。短期留学《たんきりゅうがく》だから、向《む》こうには2週間《しゅうかん》しかいないし」

まさかの返答《へんとう》に、私《わたし》は思《おも》わず伊織《いおり》くんから身《み》を離《はな》すと、大声《おおごえ》をあげた。

「ええっ！　そうだったの!?」

「なに、もしかして俺《おれ》がずっとイギリスにいると思《おも》ってた？」

問《と》いかけられてうなずく私《わたし》。

「う、うん。ていうか、海斗《かいと》くんとかみんなもカンちがいしてたと思《おも》う」

「マジかよ……」

もしかして、だから伊織《いおり》くんはあんまりさみしくなさそうだったのかな？

すぐに帰《かえ》ってくる予定《よてい》だったから。

なんだ……。

「よかったぁ。じゃあ、会《あ》おうと思《おも》えばまたすぐに会《あ》えるよね」

私《わたし》がそう言《い》うと、伊織《いおり》くんは少《すこ》しさみしそうな顔《かお》で私《わたし》の頭《あたま》にポンと手《て》をのせた。

「もちろん。仁奈《にな》こそ、向《む》こうの学校戻《がっこうもど》ってもがんばれよ。イギリスから帰《かえ》ったら会《あ》いにいくから」

「うん。伊織《いおり》くんもサッカーがんばってね」

あぁ、そろそろお別《わか》れの時間《じかん》か。

やっぱりさみしいな……。

「あ、そうだ！」

そこでふとマフラーのことを思《おも》い出《だ》した私《わたし》は、カバンからラッピング袋《ぶくろ》をとり出《だ》す。

「これ、伊織《いおり》くんへのクリスマスプレゼント」

そう言《い》って手渡《てわた》したら、伊織《いおり》くんは少《すこ》し驚《おどろ》いた表情《ひょうじょう》で受《う》けとってくれた。

「マジで？　開《あ》けてもいい？」

「いいよ」

袋《ふくろ》から中身《なかみ》をとり出《だ》した瞬間《しゅんかん》、ほほえむ伊織《いおり》くん。

「マフラーじゃん。もしかしてこれ、つくったの？」

「うん。せっかくだから、自分《じぶん》で手作《てづく》りしたいなと思《おも》って編《あ》んだんだ」

「ありがと。使《つか》うよ」

うれしそうな顔《かお》で言《い》われてホッとする。

よかったぁ、よろこんでもらえたみたいで。

だけどそんなとき。

「……っ、くしゅん！」

急《きゅう》に体《からだ》が冷《ひ》えてきた私《わたし》は、大《おお》きなくしゃみが出《で》てしまって。

あわててハッと口《くち》を押《お》さえたら、伊織《いおり》くんが心配《しんぱい》そうな顔《かお》でたずねてきた。

「だいじょうぶか？　そういえば、今日《きょう》仁奈《にな》が巻《ま》いてたマフラーは？」

「あぁ、それはさっき迷子《まいご》の子《こ》を助《たす》けたとき、寒《さむ》そうにしてたからついあげちゃって……」

正直《しょうじき》に話《はな》すと、伊織《いおり》くんがくすっと笑《わら》う。

「マジかよ。あいかわらずおせっかいなやつ」

そして私《わたし》をまっすぐ見《み》つめながらこう言《い》った。

「でも俺《おれ》、仁奈《にな》のそういうとこが好《す》きだよ」

ストレートなセリフに、ドキンと心臓《しんぞう》がはねる。

どうしよう。そんなこと言《い》われたら、うれしくて胸《むね》がいっぱいになっちゃうよ。

好《す》きな人《ひと》から好《す》きって言《い》ってもらえることが、こんなに幸《しあわ》せだなんて……。

すると伊織《いおり》くんは、とつぜん自分《じぶん》の巻《ま》いていたマフラーをはずしたかと思《おも》えば、私《わたし》の首《くび》に巻《ま》きつけてくれて。

「えっ？」

私《わたし》が驚《おどろ》いて見上《みあ》げると、やさしくほほえむ伊織《いおり》くん。

「じゃあこの俺《おれ》のマフラー、仁奈《にな》にやるよ」

「そ、そんなっ。いいの？」

「うん。だってこれからパレード見《み》るのに、マフラーないと寒《さむ》いだろ？　俺《おれ》は仁奈《にな》からもらったマフラーつけるから」

そう言《い》って、今度《こんど》は私《わたし》のあげたマフラーを自分《じぶん》の首《くび》に巻《ま》いてくれたので、思《おも》わずきゅんとしてしまった。

やっぱり伊織《いおり》くんは、やさしいなぁ。

私《わたし》のマフラーも、さっそく使《つか》ってもらえてうれしい。

「ありがとう。あったかい……」

思《おも》わずもらったマフラーに手《て》を添《そ》える私《わたし》。

ほんのりと伊織《いおり》くんの体温《たいおん》のぬくもりが残《のこ》っていて、ますます体《からだ》があったまる気《き》がしちゃう。

そしたら伊織《いおり》くんは、コートのポケットからなにかとり出《だ》すと。

「あとこれ、仁奈《にな》に。俺《おれ》からもクリスマスプレゼント」

「えっ？」

見《み》るとそれは、透明《とうめい》な袋《ふくろ》に入《はい》ったリボンつきのヘアピンだった。

「わぁっ。かわいい！」

まさか伊織《いおり》くんもプレゼントを用意《ようい》してくれてたなんて！　感激《かんげき》しちゃうよっ。

伊織《いおり》くんは袋《ふくろ》からそれをとり出《だ》すと、私《わたし》の髪《かみ》にそっとつけてくれる。

「ありがとう。大事《だいじ》にするね」

私《わたし》がはにかみながらまたお礼《れい》を言《い》ったら、その瞬間《しゅんかん》パラパラと白《しろ》い粒《つぶ》が降《ふ》ってきた。

「あっ。雪《ゆき》……！」

思《おも》わず受《う》け止《と》めるように両手《りょうて》を広《ひろ》げる私《わたし》。

そしたら伊織《いおり》くんも、ほほえみながら手《て》をかざして。

「すげー。ホワイトクリスマスだな」

「うん。ロマンチックだね」

ふたりで顔《かお》を見《み》あわせて笑《わら》いあったら、ますます幸《しあわ》せな気持《きも》ちでいっぱいになる。

ツリーの明《あ》かりに照《て》らされてキラキラと輝《かがや》く雪《ゆき》はまるで、聖《せい》なる夜《よる》に舞《ま》い降《お》りた奇跡《きせき》みたいだった。

15 七瀬《ななせ》くん家《ち》の3兄弟《きょうだい》

――数日後《すうじつご》。自宅《じたく》へ帰《かえ》った私《わたし》は、ひとりキッチンで夕飯《ゆうはん》のしたくをしていた。

もとの家《いえ》でパパとのふたり暮《ぐ》らしに戻《もど》ったのはいいけれど、やっぱりちょっとさみしい。

パパは昼間《ひるま》は仕事《しごと》でほとんど家《いえ》にいないし、冬休《ふゆやす》みだから学校《がっこう》もないし。

七瀬家《ななせけ》は、いつも誰《だれ》かが家《いえ》にいてにぎやかだったもんなぁ。

みんな今《いま》ごろどうしてるかな。元気《げんき》かな？

早《はや》くまた会《あ》いたいよ。

ちなみにあの日《ひ》伊織《いおり》くんを見送《みおく》ったあと、マジカルランドでみんなにも引《ひ》っ越《こ》しのことを打《う》ち明《あ》けたんだ。

そしたらみんな、すごくびっくりしてて。

桃愛《もあ》ちゃんやマリカちゃんは、泣《な》きながら別《わか》れを惜《お》しんでくれたの。

そしたらますます私《わたし》もさみしくなってきて、つられて泣《な》いちゃった。

七瀬家《ななせけ》のみんなも、クラスのみんなも本当《ほんとう》にいい人《ひと》たちばかりだったなぁ。

思《おも》い出《で》がいっぱいで、今《いま》でも恋《こい》しくてたまらないよ……。

――ピコン。

そんなとき、ふとダイニングテーブルに置《お》いていたスマホが鳴《な》った。

あわてて駆《か》け寄《よ》り手《て》にとる私《わたし》。

そしたら通知画面《つうちがめん》に伊織《いおり》くんの名前《なまえ》が出《で》ていたので、思《おも》わずドキンと胸《むね》が高鳴《たかな》った。

ドキドキしながら開《ひら》いたら、伊織《いおり》くんのメッセージが表示《ひょうじ》される。

【おはよう。これから練習《れんしゅう》いってくる。仁奈《にな》はなにしてる？】

ちなみに晴《は》れて伊織《いおり》くんと両想《りょうおも》いになった私《わたし》は、離《はな》れてからもこうやって毎日《まいにち》メッセージのやりとりをしているんだ。

イギリスとは時差《じさ》があるから、向《む》こうは今《いま》、朝《あさ》みたい。

伊織《いおり》くんが自分《じぶん》の彼氏《かれし》だなんていまだに実感《じっかん》がわかないし、考《かんが》えただけで胸《むね》がドキドキしちゃう。

【今《いま》は夕飯《ゆうはん》の準備《じゅんび》をしてるよ。練習《れんしゅう》がんばってね！】

メッセージを打《う》って送信《そうしん》したら、思《おも》わず顔《かお》がにやけてしまった。

「ふふふっ」

毎日《まいにち》会《あ》えなくなったのはやっぱりさみしいけど、こうして心《こころ》がつながってると思《おも》うだけで、すごく幸《しあわ》せな気持《きも》ちになれるんだ。

するとそこで、ガチャッと玄関《げんかん》のドアが開《ひら》く音《おと》がして。

「ただいまー」

どうやらパパが帰《かえ》ってきたみたい。今日《きょう》はずいぶん早《はや》いなぁ。

なんて思《おも》ってたら。

「仁奈《にな》、大変《たいへん》なことになった！　聞《き》いてくれ！」

なぜかドタバタとあわてた様子《ようす》で駆《か》け寄《よ》ってくるパパ。

「どうしたの？」

私《わたし》がたずねたら、パパはちょっと困《こま》った顔《かお》で言《い》った。

「それが戻《もど》ってきたばかりで悪《わる》いんだけど、やっぱり海外赴任《かいがいふにん》を延長《えんちょう》してほしいって言《い》われたんだよ。引《ひ》き継《つ》ぎでいくはずだった人《ひと》がいけなくなって、やっぱりパパが戻《もど》ることになってしまって」

「えっ!?」

ってことは、つまり……。

「というわけで、七瀬家《ななせけ》にもうしばらくお世話《せわ》になるのはどうかな？　転校《てんこう》の手続《てつづ》きもまだだったし。誠《まこと》くんに連絡《れんらく》したら、即《そく》オッケーが出《で》たよ」

「ほ、ほんと!?」

じゃあ私《わたし》、やっぱり転校《てんこう》しなくていいってこと!?

また七瀬家《ななせけ》に戻《もど》って、伊織《いおり》くんたちといっしょに暮《く》らせるんだ！

「やったぁーっ！」

まさかの朗報《ろうほう》に、思《おも》わず飛《と》びあがってよろこんでしまった。

キャリーバッグを片手《かたて》に、インターフォンのボタンを押《お》す。

――ピンポーン。

すると、スピーカーから聞《き》きなれた声《こえ》がして。

『はーい』

それからドタバタと足音《あしおと》が聞《き》こえたかと思《おも》えば、玄関《げんかん》のドアが開《ひら》いた。

出《で》むかえてくれたのは、笑顔《えがお》の飛鳥《あすか》くんと春馬《はるま》くん。

「おかえり！」

「仁奈《にな》ちゃん、待《ま》ってたよ！」

その言葉《ことば》に、思《おも》わず胸《むね》がじわっとあたたかくなった。

「ただいま！」

元気《げんき》よく返《かえ》したら、その瞬間《しゅんかん》飛鳥《あすか》くんがギュッと抱《だ》きついてくる。

「仁奈《にな》ーっ！　会《あ》いたかったよ〜」

ドキッとしたのもつかの間《ま》、横《よこ》からすかさず春馬《はるま》くんがつっこんできて。

「こらこらっ。あんまりくっついてると伊織《いおり》に怒《おこ》られちゃうよ〜」

「あ、そうだった」

飛鳥《あすか》くんはそう言《い》うと、てへっと笑《わら》って私《わたし》から身《み》を離《はな》す。

「仁奈《にな》はもう、彼氏持《かれしも》ちだもんね」

そんなふうに言《い》われたら、すごく照《て》れちゃうけど。

「お、おじゃましまーす」

そわそわしながら2週間《しゅうかん》ぶりの七瀬家《ななせけ》に足《あし》を踏《ふ》み入《い》れる私《わたし》。

するとリビングに入《はい》ったとたん、パタパタとフウタが飛《と》んできて。

『オカエリ！ オカエリ！』

「わぁフウタ！ ただいま！」

ちょこんと私《わたし》の肩《かた》に止《と》まったフウタの体《からだ》をなでていたら、春馬《はるま》くんがそれを見《み》てほほえましそうな顔《かお》で言《い》った。

「はは、フウタもうれしそうだね。伊織《いおり》もそろそろ帰《かえ》ってくるよ」

そう。じつは今日《きょう》は、伊織《いおり》くんがサッカー留学《りゅうがく》から帰《かえ》ってくる日《ひ》なの。

しかも私《わたし》の同居《どうきょ》が延長《えんちょう》になることは、まだ伊織《いおり》くんには内緒《ないしょ》にしてて。

飛鳥《あすか》くんの提案《ていあん》で、サプライズ的《てき》に今日《きょう》報告《ほうこく》することにしたんだ。

そんなとき、ガチャッと玄関《げんかん》のドアが開《ひら》く音《おと》がして。

「あ、きた……！」

「よし仁奈《にな》、かくれて！」

「は、はいっ」

飛鳥《あすか》くんに手《て》まねきされて、ソファのうしろにしゃがんでかくれる私《わたし》。

なんだか急《きゅう》に心臓《しんぞう》がドキドキしてきちゃう。

伊織《いおり》くん、びっくりするかな。よろこんでくれるかな？

「ただいまー」

そしたらそこに、伊織《いおり》くんの声《こえ》が聞《き》こえて。

いよいよだと思《おも》っていたら、飛鳥《あすか》くんが楽《たの》しそうな顔《かお》で伊織《いおり》くんに告《つ》げた。

「おかえりー。今日《きょう》は伊織《いおり》にすっげービッグな報告《ほうこく》があるよ」

「えっ。報告《ほうこく》？」

伊織《いおり》くんが声《こえ》をあげると、飛鳥《あすか》くんが出《で》ておいでと手《て》で合図《あいず》をする。

私《わたし》は勢《いきお》いよくその場《ば》に立《た》ちあがると、伊織《いおり》くんに笑顔《えがお》で声《こえ》をかけた。

「伊織《いおり》くん、久《ひさ》しぶり！」

するとと、ぎょっとしたように声《こえ》をあげる伊織《いおり》くん。

「えっ、仁奈《にな》!?」

そして、目《め》をぱちくりさせながら。

「ウソだろ。きてたんだ」

「ふふ。じつはね……パパの海外赴任《かいがいふにん》が延長《えんちょう》になったから、同居《どうきょ》も延長《えんちょう》になったんだ!」

うれしそうな顔《かお》で伝《つた》えたら、伊織《いおり》くんはまた驚《おどろ》いたように目《め》を丸《まる》くした。

「ま、マジで? じゃあ……またここに住《す》むってこと?」

「うんっ。そうだよ」

元気《げんき》よくうなずくと、伊織《いおり》くんは荷物《にもつ》を置《お》いて私《わたし》の前《まえ》までやってくる。

そして、とつぜん私《わたし》の背中《せなか》に腕《うで》をまわしたかと思《おも》うと、ギュッと抱《だ》きしめてきた。

「おかえり、仁奈《にな》」

「ただいま。伊織《いおり》くん」

思《おも》わず伊織《いおり》くんの背中《せなか》に腕《うで》をまわして自分《じぶん》も抱《だ》きついたら、伊織《いおり》くんが耳元《みみもと》でささやく。

「……会《あ》いたかった」

そんなふうに言《い》われたら、うれしくて涙《なみだ》が出《で》ちゃいそう。

私《わたし》だって、会《あ》いたくてたまらなかったよ。

そしたら横《よこ》から飛鳥《あすか》くんが、ニヤニヤした顔《かお》で。

「おいおい～。あんまり人前《ひとまえ》でイチャつかないでくれません？」

「なっ……！」

ハッとして、あわてて身《み》を離《はな》す私《わたし》たち。

そうだった。飛鳥《あすか》くんたちが見《み》てるんだった……！

すると、春馬《はるま》くんがニコニコ笑《わら》いながら。

「いいんじゃない、久《ひさ》しぶりの再会《さいかい》だし。アオハルだね～」

ふたりに冷《ひ》やかされて、思《おも》わず真《ま》っ赤《か》になっちゃったけど。

また伊織《いおり》くんたちと毎日《まいにち》いっしょにいられることが、うれしくてたまらないよ。

やっぱり私《わたし》はこの七瀬家《ななせけ》が、みんなのことが大好《だいす》きだから。

これからも、たくさん笑《わら》って素敵《すてき》な時間《じかん》を共有《きょうゆう》していけたらいいな。

3兄弟《きょうだい》とのドキドキな同居生活《どうきょせいかつ》は、まだまだ続《つづ》きそうです——。

七《なな》瀬《せ》くん家《ち》の3兄《きょう》弟《だい》

その後《ご》のお話《はなし》　3兄弟《きょうだい》とパーティー！

――伊織《いおり》くんが帰国《きこく》してから、数日後《すうじつご》。

今日《きょう》は祝日《しゅくじつ》で学校《がっこう》はお休《やす》み。

私《わたし》は今《いま》、3兄弟《きょうだい》とパーティーの準備中《じゅんびちゅう》なんだ。

じつは飛鳥《あすか》くんと春馬《はるま》くんが、私《わたし》と伊織《いおり》くんのおかえり記念《きねん》パーティーをしようって企画《きかく》してくれたの。

もちろん料理《りょうり》は私《わたし》も何品《なんしな》かつくったし、伊織《いおり》くんも手伝《てつだ》ってくれた。

ダイニングテーブルの上《うえ》には、からあげやポテト、ピザやお寿司《すし》などパーティー料理《りょうり》が盛《も》りだくさん。

ケーキまで用意《ようい》してくれてるみたいだし、楽《たの》しみだなぁ。

「ふふ。これで料理《りょうり》は準備《じゅんび》オッケーかな！」

私《わたし》がテーブルを見《み》ながらつぶやいたら、となりで伊織《いおり》くんがうなずいた。

「そうだな。あとは飲《の》み物《もの》とか用意《ようい》すれば」

「じゃあ俺《おれ》、そろそろ予約《よやく》してたケーキとりにいってくるから！」

すると、飛鳥《あすか》くんがサッと上着《うわぎ》を羽織《はお》り声《こえ》をかけてくる。

続《つづ》けて春馬《はるま》くんも、壁《かべ》にかけてあったリュックを手《て》にとって。

「俺《おれ》も、飲《の》み物《もの》が少《すこ》し足《た》りなさそうだから買《か》ってくるよ」

「うんっ。ふたりともありがとう！」

私《わたし》が笑顔《えがお》で答《こた》えたら、飛鳥《あすか》くんがニヤッと笑《わら》って手《て》を振《ふ》ってきた。

「てなわけで、少《すこ》しの間《あいだ》ふたりでごゆっくり〜」

冷《ひ》やかすようなセリフに、思《おも》わずドキッとしちゃう。

そっか。たしかに……私《わたし》と伊織《いおり》くんのふたりきりじゃない!?

飛鳥《あすか》くんたちがドタバタと出《で》ていったところで、伊織《いおり》くんが眉《まゆ》をひそめながらつぶやく。

「ったく、アス兄《にい》のやつ……。とりあえず、俺《おれ》たちは待《ま》ってるか」

「そ、そうだねっ」

なんだか急《きゅう》にそわそわして、照《て》れくさい気持《きも》ちになってしまった。

もう、飛鳥《あすか》くんがヘンなこと言《い》うから……！

伊織《いおり》くんはソファに腰《こし》を下《お》ろすと、私《わたし》に向《む》かって手《て》まねきしてくる。

「仁奈《にな》も座《すわ》れば？」

「あ、うんっ」

言《い》われてとなりに座《すわ》ったら、なんだかますます心拍数《しんぱくすう》があがってきた。

伊織《いおり》くんと両想《りょうおも》いになって、もうすぐ3週間《しゅうかん》。

正直《しょうじき》伊織《いおり》くんが彼氏《かれし》だなんて今《いま》でも信《しん》じられないし、夢《ゆめ》みたいだって思《おも》っちゃう。

両想《りょうおも》いで同居中《どうきょちゅう》っていうのも、よく考《かんが》えたらすごいことだし。

しかも伊織《いおり》くんは、つきあってからますますやさしくなったような気《き》がするから、私《わたし》は毎日《まいにち》ドキドキしてばかり。

そのうち心臓《しんぞう》がもたなくなりそうで心配《しんぱい》なんだ。

すると、とつぜんなにを思《おも》ったのか、伊織《いおり》くんが私《わたし》の手《て》をギュッと握《にぎ》ってきて。

「……っ！　い、伊織《いおり》くん？」

ドキッとして顔《かお》をあげたら、ボソッと小声《こごえ》でつぶやく伊織《いおり》くん。

「だって、せっかく今《いま》ふたりきりだし」

思《おも》いがけない言葉《ことば》に、かぁっと自分《じぶん》の顔《かお》が熱《あつ》くなったのがわかった。

なにそれ。まるでふたりきりになれてうれしいって言《い》われてるみたいで、照《て》れちゃうよ。

思《おも》わず自分《じぶん》もギュッと伊織《いおり》くんの手《て》を握《にぎ》り返《かえ》したら、続《つづ》けて伊織《いおり》くんがつぶやいた。

「でもよかった。また仁奈《にな》といっしょに暮《く》らせて」

そんなふうに言《い》われたら、ますます照《て》れてしまう。

もちろん、私《わたし》だって同《おな》じ気《き》持《も》ちだけど。

「わ、私《わたし》もだよっ。毎日《まいにち》伊織《いおり》くんといっしょにいられて、すごく幸《しあわ》せだもん！」

私《わたし》が大《おお》きな声《こえ》で答《こた》えたら、伊織《いおり》くんは驚《おどろ》いたように目《め》を見《み》ひらいた。

そして、少《すこ》し顔《かお》を赤《あか》くしたかと思《おも》えば、照《て》れくさそうに目線《めせん》を横《よこ》にそらして。

「……っ、幸《しあわ》せとか言《い》われたら照《て》れるだろ。まぁ、俺《おれ》もだけど」

「えっ」

それってつまり、伊織《いおり》くんも幸《しあわ》せだって思《おも》ってくれてるってこと？

うれしい……。

ますますドキドキしていたら、再《ふたた》び伊織《いおり》くんと目《め》があった。

なぜかそのままじっと見《み》つめられて、目《め》をそらせずにいたら、伊織《いおり》くんがもう片方《かたほう》の手《て》でそっと私《わたし》の髪《かみ》に触《ふ》れてくる。

そして、ゆっくりと顔《かお》を近《ちか》づけてきて。

あ、あれっ？

待《ま》って。これは……。

ドクドクと胸《むね》の音《おと》が全身《ぜんしん》にひびき渡《わた》って、ますます顔《かお》が熱《あつ》くなってくる。

どうしようっ。恥《は》ずかしすぎて心臓《しんぞう》壊《こわ》れちゃいそうだよ～っ！

思《おも》わずギュッと目《め》をつぶった、その瞬間《しゅんかん》。

——バンッ！

とつぜんドアが勢《いきお》いよく開《ひら》く音《おと》がして。

「ただいまーっ！」

その声《こえ》にハッとして目《め》を開《あ》け振《ふ》り向《む》いたら、そこにはケーキの箱《はこ》を持《も》った飛鳥《あすか》くんが立《た》っていた。

「あっ！　飛鳥《あすか》くんおかえり……！」

私《わたし》がどぎまぎしながら告《つ》げると、飛鳥《あすか》くんはこちらを見《み》てなにか気《き》づいたように。

「……って、あれ？　なんかふたりとも顔真《かおま》っ赤《か》じゃね？」

「なっ！」

「そ、そんなことないですよっ！」

あわてて否定《ひてい》したら、そのときフウタがバサバサとこちらへ飛《と》んできた。

そして、ちょこんとソファの端《はし》に乗《の》ったかと思《おも》えば。

『ラブラブ！　ラブラブ！』

それを聞《き》いた飛鳥《あすか》くんが、ぎょっとした顔《かお》で聞《き》いてくる。

「えっ！　なになに、そんなラブラブしてたの!?」

「し、してねーよっ！　こらフウタ、ヘンなこと言《い》うなっ」

伊織《いおり》くんはとっさに否定《ひてい》してたけど、私《わたし》はますます恥《は》ずかしくなっちゃう。

まさか、フウタにまで冷《ひ》やかされるなんて！

でも今《いま》、ドキドキしすぎてどうなることかと思《おも》っちゃった。

思《おも》い出《だ》しただけで、また顔《かお》が熱《あつ》くなってきたよ～っ。

すると、飛鳥《あすか》くんはニヤニヤしながら私《わたし》の前《まえ》まで歩《ある》いてくると。

「ごめんね～。もしかして俺《おれ》、お邪魔《じゃま》だった？」

「そ、そんなことないですよっ！　あ、それよりケーキってどんなのですか？」

あわてて話《はなし》をそらすようにたずねたら、飛鳥《あすか》くんは箱《はこ》を持《も》ちあげて得意《とくい》げな顔《かお》をした。

「へへっ。今日《きょう》は特別《とくべつ》に豪華《ごうか》なやつ買《か》ったから、楽《たの》しみにしててよ」

「ただいまーっ」

するとそこに、ちょうど春馬《はるま》くんも帰《かえ》ってきて。

「飲《の》み物《もの》いっぱい買《か》ってきたよ～。あと、クラッカーも」

袋《ふくろ》いっぱいの荷物《にもつ》をかかえた春馬《はるま》くんを見《み》て、声《こえ》をかける私《わたし》。

「あ、春馬《はるま》くんもおかえりなさい！」

そんなこんなで再《ふたた》びみんなそろったので、さっそくパーティーをはじめることにした。

「じゃーん！」

4人《にん》でダイニングテーブルを囲《かこ》んで座《すわ》ったところで、飛鳥《あすか》くんが箱《はこ》からケーキをとり出《だ》す。

「わぁっ、かわいい！」

クリームやフルーツがたっぷり乗《の》ったそのケーキはとっても大《おお》きくて、すごくおいしそうだった。

しかも、真《ま》ん中《なか》には大《おお》きなチョコのプレートが乗《の》っていて、こんなメッセージが書《か》いてある。

【おかえり！　伊織《いおり》＆仁奈《にな》】

それを見《み》て思《おも》わずうれしくなっていたら、さらにその下《した》にも小《ちい》さく文字《もじ》が書《か》いてあることに気《き》がついた。

「って、なんだよこれ。**【カップルおめでとー♡】**って」

すかさず伊織《いおり》くんがシブい顔《かお》でつっこむ。

そしたら飛鳥《あすか》くんがイタズラっぽく。

「だって、こっちもおめでたいじゃん？」

うぅっ。そんなふうに言《い》われたら、また照《て》れちゃうよ。

すると飛鳥《あすか》くん、今度《こんど》は私《わたし》のほうを見《み》て。

「あ、仁奈《にな》。もし伊織《いおり》が嫌《いや》になったら、いつでも俺《おれ》のとこにきてくれていいからね」

「えぇっ!?」

なにそれっ。どういう意味《いみ》？

なんて思《おも》ってたら。

「なんでだよっ。アス兄《にい》には渡《わた》さねーし」

すかさずつっこむ伊織《いおり》くんを見《み》てドキッとする。

待《ま》って。今伊織《いまいおり》くん、渡《わた》さないとか言《い》わなかった!?

「おっ、独占欲《どくせんよく》かー？」

さらには飛鳥《あすか》くんがまた冷《ひ》やかすようなことを言《い》ったので、私《わたし》はますます照《て》れくさい気《き》持《も》ちでいっぱいになった。

なんだかうれしいような、恥《は》ずかしいような……。

「あははっ。じゃあ、そろそろはじめようか」

春馬《はるま》くんが、笑《わら》って袋《ふくろ》からクラッカーをとり出《だ》す。

そしてそれを飛鳥《あすか》くんに手渡《てわた》すと、ふたりがクラッカーを手《て》に持《も》って私《わたし》と伊織《いおり》くんにそれぞれ向《む》けた。

「それじゃあいくよ。せーのっ」

――パン！　パン！

クラッカーが破裂《はれつ》する音《おと》とともにキラキラした紙吹雪《かみふぶき》が飛《と》び出《だ》してきて、思《おも》わず声《こえ》をあげる私《わたし》。

「わぁっ！」

「ふたりとも、おかえり〜！」

「おかえり！」

飛鳥《あすか》くんと春馬《はるま》くんに笑顔《えがお》で言《い》われて、胸《むね》がジーンとしちゃう。

ふととなりにいる伊織《いおり》くんの顔《かお》を確認《かくにん》したら、伊織《いおり》くんもまたうれしそうにほほえんでいて。

「ようやく全員集合《ぜんいんしゅうごう》だね」

春馬《はるま》くんがそう言《い》ったら、飛鳥《あすか》くんも元気《げんき》よくうなずいた。

「だなっ。仁奈《にな》ももう、立派《りっぱ》な七瀬家《ななせけ》の一員《いちいん》だし！」

「ふふ。ありがとうございます」

一員《いちいん》だなんて、そんなふうに言《い》ってもらえるとうれしいなぁ。

そしたら続《つづ》けて春馬《はるま》くんが。

「それに、もしかしたら将来《しょうらい》仁奈《にな》ちゃんも正式《せいしき》に七瀬家《ななせけ》の親戚《しんせき》になっちゃうかもしれないしね？」

思《おも》いがけないことを言《い》ってきたので、ぎょっとする。

「なっ……！」

ちょっと待《ま》って。それってまさか、伊織《いおり》くんと私《わたし》が――。

「ば、バカ。それは気《き》が早《はや》いだろっ」

伊織《いおり》くんがとっさにつっこんでくれたけど、その顔《かお》も赤《あか》くなっている。

飛鳥《あすか》くんもニヤニヤしながら楽《たの》しそうで。

「あはは っ。ハル兄《にい》がめずらしく爆弾《ばくだん》ぶっこんできたね〜」

「え、そう？」

言《い》った本人《ほんにん》の春馬《はるま》くんは、キョトンとしてるけど。

「とりあえず、カンパイしようぜ！」

「は、はいっ」

「いくよっ。カンパーイ！」

「「カンパーイ！」」

4人《にん》でグラスをぶつけあって笑《わら》いあったら、なんだか幸《しあわ》せな気持《きも》ちでいっぱいになる。

やっぱり私《わたし》はこの家《いえ》が大好《だいす》きだなぁって。

またここに戻《もど》ってこられて、本当《ほんとう》によかった。

これからもずっと、こんな楽《たの》しい毎日《まいにち》が続《つづ》いていきますように。

たくさんの思《おも》い出《で》を、みんなといっしょにつくっていけますように――。

あとがき

こんにちは！　青山《あおやま》そららです。

七瀬《ななせ》くんシリーズ、ついに最終巻《さいしゅうかん》となりました！

正直《しょうじき》とってもさみしいですが、ここまで応援《おうえん》してくれたみんなのおかげで最後《さいご》まで書《か》くことができました。本当《ほんとう》にありがとう！

仁奈《にな》や3兄弟《きょうだい》たちを書《か》くのはとっても楽《たの》しくて、いつも自分《じぶん》の頭《あたま》の中《なか》でキャラクターたちが生《い》きているみたいでした。マリカや大黒《おおぐろ》、玲央《れお》や桃愛《もあ》などのサブキャラもみんなお気《き》に入《い》りなので、最後《さいご》にみんな活躍《かつやく》させられて本当《ほんとう》によかったです。

仁奈《にな》と伊織《いおり》の恋《こい》の結末《けつまつ》は、どうでしたか？

今回《こんかい》はついに同居《どうきょ》が終了《しゅうりょう》!?　となったり、ほかにもピンチやハラハラの連続《れんぞく》で、仁奈《にな》にとって今《いま》までで一番《いちばん》切《せつ》ない回《かい》だったんじゃないかなと思《おも》います。

でも、ラストはそのぶんとびきりのハッピーエンドになっているので、ぜひ楽《たの》しんでもらえてたらいいな。おまけの番外編《ばんがいへん》も書《か》かせてもらったので、ぜひその後《ご》の仁奈《にな》と伊織《いおり》のお話《はなし》にキュンとしてもらえたらうれしいです！

七瀬《ななせ》くんシリーズは今回《こんかい》で終《お》わりとなりますが、みんなはどのキャラクターやエピソードが好《す》きですか？

よかったらぜひ、みらい文庫《ぶんこ》のＨＰ《ホームページ》やお手紙《てがみ》などで感想《かんそう》を聞《き》かせてね！

最後《さいご》にシリーズを立《た》ち上《あ》げから支《ささ》えてくださった初代担当《しょだいたんとう》さんと２代目担当《だいめたんとう》さん、最終巻《さいしゅうかん》までいっしょに走《はし》り抜《ぬ》けてくださった現担当《げんたんとう》さん、みらい文庫編集部《ぶんこへんしゅうぶ》のみなさま、毎巻《まいかん》最高《さいこう》にかわいいイラストを描《か》いてくださったたしろみや先生《せんせい》に、心《こころ》から感謝《かんしゃ》を申《もう》し上《あ》げます。

そしてあらためて、ここまで読《よ》んでくれたみんなに最大級《さいだいきゅう》の感謝《かんしゃ》を!!

またみらい文庫《ぶんこ》で新《あたら》しいお話《はなし》を届《とど》けられるようがんばるので、いつかお会《あ》いできますように☆

☆青山《あおやま》そらら先生《せんせい》へのお手紙《てがみ》はこちらまで！
〒101―8050　東京都千代田区一ツ橋《とうきょうとちよだくひとつばし》２―５―10　集英社《しゅうえいしゃ》みらい文庫編集部《ぶんこへんしゅうぶ》　青山《あおやま》そらら先生係《せんせいがかり》

こんにちは！

イラスト担当
たしろみやです。
「七瀬くん家の３兄弟」
ついに最終巻！
あっというまの
６冊目です

仁奈たちをかくのが
最後だと思うと
さみしいですが、
幸せなフィナーレを
見届けられて
うれしいです！

イラスト見てくれて
ありがとう！
またどこかでお会いしましょう♪

たしろみや♡

集英社みらい文庫

七瀬《ななせ》くん家《ち》の３兄弟《きょうだい》

３兄弟《きょうだい》とお別《わか》れ!? クリスマスの恋《こい》のキセキ

青山《あおやま》そらら　作

たしろみや　絵

ファンレターのあて先
〒101-8050　東京都千代田区一ツ橋2-5-10　集英社みらい文庫編集部
いただいたお便りは編集部から先生におわたしいたします。

2025年　2月26日　第1刷発行

発 行 者　今井孝昭
発 行 所　株式会社 集英社
〒101-8050　東京都千代田区一ツ橋2-5-10
電話　編集部 03-3230-6246
読者係 03-3230-6080
販売部 03-3230-6393（書店専用）
https://miraibunko.jp
装　　丁　関根彩（関根彩デザイン）　中島由佳理
印　　刷　TOPPAN株式会社
製　　本　TOPPAN株式会社

★この作品はフィクションです。実在の人物・団体・事件などにはいっさい関係ありません。

ISBN978-4-08-321891-0　C8293　N.D.C.913　188P　18cm

©Aoyama Sorara　Tashiro Miya 2025　Printed in Japan

定価はカバーに表示してあります。造本には十分注意しておりますが、印刷・製本など製造上の不備がありましたら、お手数ですが小社「読者係」までご連絡ください。古書店、フリマアプリ、オークションサイト等で入手されたものは対応いたしかねますのでご了承ください。なお、本書の一部、あるいは全部を無断で複写（コピー）、複製することは、法律で認められた場合を除き、著作権の侵害となります。また、業者など、読者本人以外による本書のデジタル化は、いかなる場合でも一切認められませんのでご注意ください。

将軍《しょうぐん》を支《ささ》え「大奥《おおおく》」に生《い》きた女《おんな》たちの物語《ものがたり》——！

家康《いえやす》から十五代《だい》続《つづ》いた
徳川《とくがわ》将軍《しょうぐん》の本拠地《ほんきょち》・江戸城《えどじょう》。
その奥《おく》には将軍《しょうぐん》の妻《つま》たちが暮《く》らす
絢爛豪華《けんらんごうか》な「大奥《おおおく》」があった。

大人気《だいにんき》
『戦国姫《せんごくひめ》』の
藤咲《ふじさき》あゆな先生《せんせい》
＆
マルイノ先生《せんせい》
がおくる！

お万《まん》の方《かた》物語《ものがたり》

将軍《しょうぐん》の寵愛《ちょうあい》をうけるのはだれ？
美《うつく》しく壮絶《そうぜつ》な歴史物語《れきしものがたり》、開幕《かいまく》！
春日局《かすがのつぼね》
3代《だい》将軍《しょうぐん》家光《いえみつ》の乳母《めのと》として
大奥《おおおく》の礎《いしずえ》をつくり、
初代《しょだい》総取締《そうとりしまり》となる
お万《まん》の方《かた》
家光《いえみつ》に見初《みそ》められ、
尼《あま》から家光《いえみつ》の妻《つま》となり、
大奥《おおおく》総取締《そうとりしまり》となる
お楽《らく》の方《かた》
古着屋《ふるぎや》の娘《むすめ》から
家光《いえみつ》の妻《つま》になった
シンデレラガール
作《さく》藤咲《ふじさき》あゆな 絵《え》マルイノ
大奥《おおおく》
将軍《しょうぐん》に愛《あい》された女《おんな》たち 春日局《かすがのつぼね》、お万《まん》の方《かた》ほか
好評発売中《こうひょうはつばいちゅう》！

「みらい文庫《ぶんこ》」読者《どくしゃ》のみなさんへ

言葉《ことば》を学《まな》ぶ、感性《かんせい》を磨《みが》く、創造力《そうぞうりょく》を育《はぐく》む……、読書《どくしょ》は「人間力《にんげんりょく》」を高《たか》めるために欠《か》かせません。たった一枚《いちまい》のページをめくる向《む》こう側《がわ》に、未知《みち》の世界《せかい》、ドキドキのみらいが無限《むげん》に広《ひろ》がっている。これこそが「本《ほん》」だけが持《も》っているパワーです。

学校《がっこう》の朝《あさ》の読書《どくしょ》に、休《やす》み時間《じかん》に、放課後《ほうかご》に……。いつでも、どこでも、すぐに続《つづ》きを読《よ》みたくなるような、魅力《みりょく》に溢《あふ》れる本《ほん》をたくさん揃《そろ》えていきたい。読書《どくしょ》がくれる、心《こころ》がきらきらしたり胸《むね》がきゅんとする瞬間《しゅんかん》を体験《たいけん》してほしい、楽《たの》しんでほしい。みらいの日本《にほん》、そして世界《せかい》を担《にな》うみなさんが、やがて大人《おとな》になった時《とき》、「読書《どくしょ》の魅力《みりょく》を初《はじ》めて知《し》った本《ほん》」「自分《じぶん》のおこづかいで初《はじ》めて買《か》った一冊《いっさつ》」と思《おも》い出《だ》してくれるような作品《さくひん》を一所懸命《いっしょけんめい》、大切《たいせつ》に創《つく》っていきたい。

そんないっぱいの想《おも》いを込《こ》めながら、作家《さっか》の先生方《せんせいがた》と一緒《いっしょ》に、私《わたし》たちは素敵《すてき》な本作《ほんづく》りを続《つづ》けていきます。「みらい文庫《ぶんこ》」は、無限《むげん》の宇宙《うちゅう》に浮《う》かぶ星《ほし》のように、夢《ゆめ》をたたえ輝《かがや》きながら、次々《つぎつぎ》と新《あたら》しく生《う》まれ続《つづ》けます。

本《ほん》を持《も》つ、その手《て》の中《なか》に、ドキドキするみらい――。

本《ほん》の宇宙《うちゅう》から、自分《じぶん》だけの健《すこ》やかな空想力《くうそうりょく》を育《そだ》て、〝みらいの星《ほし》〟をたくさん見《み》つけてください。

そして、大切《たいせつ》なこと、大切《たいせつ》な人《ひと》をきちんと守《まも》る、強《つよ》くて、やさしい大人《おとな》になってくれることを心《こころ》から願《ねが》っています。

2011年《ねん》　春《はる》

集英社《しゅうえいしゃ》みらい文庫編集部《ぶんこへんしゅうぶ》